JN122528

片をつける

越智月子

ポプラ文庫

自由に生きたければ
なくてもいいものを手放しなさい

――トルストイ――

今年も冬がなかなか巡ってこない。そう思っていたら、数日前から急に寒くなってきた。

阿紗《あさ》はダウンジャケットを羽織り、家を出た。マンションの小さなスロープを下りて国道沿いの道を歩いていく。

「もう十二月だっていうのに、コートなしで歩いている人が多いねぇ。ひと昔前の冬はもっと寒かった。日本も東南アジアみたいな気候になったねぇ」

おばあさんというよりは、おじいさんと言ったほうがしっくりくる、あのしわがれた声がする。いつもいつも判で押したように同じ。それでも阿紗は相槌を打つ。そうしないと八重《やえ》がすぐ不機嫌になるから。

「東南アジアねぇ。行ったことないけど、きっとこんな感じなんでしょうね。夏は湿度が高くて冬はポカポカ」

「まぁ、寒いよりは暖かいほうがいいやね。あたしは暖かい冬が好き。ソ連なんかに生まれなくてほんとによかった」

「八重さん、ソ連じゃなくてロシア」

「あんたはもの知らずだね。昔はソ連って言ったんだよ」

何かを思い出したかのように突如として色づき始めたイチョウの木を横目に阿紗は石畳を歩く。空は雲に覆われている。どんよりとした灰色。

「イチョウの葉っていうのは、曇り空でも映えるねぇ」

いつも灰色の服を着ていた八重はイチョウ色のマフラーを巻きなおしながらよく言った。そしていつもここで曲がった。阿紗は駅前の交差点を左に折れる。

ゆるやかな坂を上りきる手前でガラスに覆われた掲示板が視界に入った。

今月のことば——
まことに、まことに、あなたがたに告げます。一粒の麦がもし地に落ちて死ななければ、それは一つのままです。しかし、もし死ねば、豊かな実を結びます。
ヨハネによる福音書12：24

ほんとうは絵本を買いに二ブロック先の本屋まで行くはずだった。

でも、今すぐじゃなくてもいい。

阿紗は立ち止まった。

もう何千回、何万回と通った場所なのに、初めて掲示板の奥に建つ教会をまじまじと見上げた。

大きなイチョウの木の脇の階段を上る。アーチをくぐり、小さな回廊を進む。中庭の聖人像を横目で見ていると、奥のドアが開いた。灰色のジャケットを羽織った神父と思しき男が出てきた。目礼すると、柔らかな笑みを浮かべて言った。

「こんにちは」

「こんにちは。あのあたし、お祈りしたいんですけど」

祈り……。

誰が？

思ってもみなかった言葉が口をつく。

「どうぞ、お御堂《みどう》はそちらです」

神父は今しがた出てきた部屋を指し示した。

阿紗は生まれて初めてお御堂といわれる部屋の扉を開けた。

入ってすぐ右の小さな壺に聖水が入っている。人差し指につけ、十字をきる。

正面の祭壇には大きな銀色の十字架がかかっている。

ドア近くの椅子に腰かけた。

父と子と聖霊の御名《みな》によりてアーメン
十字架にかけられたイエスキリストを見ながら、もう一度、十字をきる。
めでたし聖寵《せいちょう》充ち満てるマリア
主御身と共にまします
御身は女のうちにて祝せられ
御胎内の御子《おんこ》イエズスも祝せられたもう
天主の……

そのあとが出てこない。

門前の小僧は習わぬ経を読めるが、隣人の八重に教えてもらった祈りさえもロクに覚えていない。

かわりにずっと抑えていたものが込み上げてくる。

「あたしが死んだら、一度くらいは教会で祈ってみなよ」

なぜ今になって八重との約束を果たしているのだろう。

もっと早く来たってよかった。

でも、いつもこの場所を素通りし、見て見ぬふりをしてきた。


どれくらい祈っていたのだろう。

神の家の中で佇んでいた。

佇みながら、八重を感じていた。

阿紗はお御堂を後にした。

回廊を渡り、階段を下りようとしたところで、きっぱりとした風が吹き上げてきた。

教会のイチョウの木が揺れた。はらはらと黄金色の葉が舞ってくる。

八重さん、もしかしてそこに来てる？

からんと音を立てて足もとに何かが落ちた。阿紗はしゃがんでそれを拾った。イチョウの木が落とした銀色の実。

風が頬に吹きつけ去っていく。

ほんとうの冬が巡ってきた。

阿紗は握りしめていた拳《こぶし》をゆっくりと開いた。

八重の置き土産。絶対に片づけられない、一粒の銀色の実。

八重はもういない。二年前からわかっていた。それでもずっと認めたくなかったことが、ようやくすとんと心に落ちた。

その途端、堰《せき》を切ったように涙が溢れてきた。

1

絵本の中では十二色揃ったクレヨンたちが笑みを浮かべている。


みるちゃんは言いました。

「いままで、ほんとうにごめんね」

そうしてタンスのはしっこにはさまって、かけてしまったきいろちゃんの頭をやさしくなでてくれました。

「もうぜったいにまいごにしたりしないからね。

だって、きいろちゃんがいなきゃ、おひさまもひまわりもかけないもん」

みるちゃんは、あかくんとみどりちゃんのあいだ、なつかしいクレヨンのお部屋にきいろちゃんをもどしました。

「ありがとう」

きいろちゃんはお礼を言いました。

みるちゃんには聞こえない声。

でも、きょうはちゃんと届いている、そんな気がします。

「きいろちゃん、おかえり〜」

「みんな待ってたんだよ」

なかまたちがなつかしいお部屋でかん声をあげています。


ページをめくりながら、阿紗は知らず知らずのうちに頷いていた。片づけができない子はクレヨンや色鉛筆をよくなくす。自分もそういう子供だった。

生活のすべてにおいてだらしなく、家事能力ゼロ。困ったときは金で解決とばかりに愛情がわりの消費を惜しまなかった母はクレヨンの色が揃わなくなると、すぐに新品を買った。十二色のはずなのに九色。二十四色のはずなのに二十一色。三十六色のはずなのに二十八色。空席が目立つ箱ばかりが増えていった。

やがてその箱が邪魔になり、不揃いのクレヨンたちはモロゾフのクッキー缶に入れられた。それでもクレヨンはなくなり続けた。それも決まってよく使う色が。自分もみるちゃんみたいに、黄色のクレヨンをよくなくした。あれがないと致命的。おひさまもひまわりも、今ならピカチュウも描けなくなってしまう。

あたり一面に散らばるリカちゃん、シルバニアファミリーのフレアやラルフ、人形たちの服や小物が瞼に浮かんでくる。ない、どこにもない、黄色いクレヨンが。

レゴや積み木の山を探ってみたが、やはりない。タオルケットをめくっても見つからない。スウェットシャツにストッキング、靴下の片割れ、いらないものばかりが出てくる。血まなこになって迷子のクレヨンを捜していた五歳の自分。カオスのような部屋。二度と戻りたくない空間。

阿紗は絵本を閉じた。

大きく息を吐き、残像を振り払う。

窓の外は明るい。いつの間にか地面に打ちつけていた雨の音が消えている。

店の前に置かれたオリーブの木がかすかに揺れている。目を凝らすと、細長い葉先から身震いするみたいにしずくが落ちた。

天の気まぐれのように突然降りだした雨も風もおさまっている。

カップに残ったコーヒーを飲み干した。ほどよい酸味が広がり、すっと消えていく。銀色の筒から丸まった紙を抜き、腰を上げる。

「ごちそうさまでした」

熟年起業組のマスターに一礼してドアを開けた。

風が頬をくすぐる。向かいの家の庭から木々に染みた雨のにおいが漂ってくる。

東の空を見ると、虹が出ていた。

いったい何年ぶりだろう。七色のアーチを見るのは。頭をよぎった昔の嫌な思い出が一気に消えていくほどのすがすがしさだ。

きょうは……と言っても、正午を過ぎてしまったが、何かいいことが起こりそうな気がしてきた。午後二時になったら家に子供たちがやって来る。読み聞かせの仕事が終わったら、隣町にでも行ってみようか。

国道15号沿いの道に出た。二、三歩踏み出したところで、ぽつぽつしずくが落ちてきた。

また雨？

違う。

犯人は歩道に植えられたイチョウの木だ。さわりと吹いた風に誘われて、またぽつり。振り返ると、ついさっきまでくっきりと浮かんでいた虹は跡形もなく消えている。それでも、仰ぎ見たときの心地よさはたしかに残っている。

イチョウの木が途切れたところを右にそれ、古ぼけたレンガ色のマンションに入っていく。申し訳程度のソファセットが置かれたエントランスを抜け、正面のエレベーターへと向かい、八階まで上がる。ガタンと故障寸前のような音を立て動き出す箱は、意外と早く目的の階へ着く。機械的に身体が右に曲がる。

なんだろう、宅配便？

薄暗い廊下の突き当たり、８０５号室。我が家の前に大きな荷物がある、と思ったら、違った。荷物は動いている。巨大化したねずみのような老婆がしゃがみ込んでいる。

「どうしたんですか」

思わず駆け寄った。大理石もどきの床がじんわり濡れている。老婆の髪からしずくがぽたりと落ちた。

「どうしたもこうしたもこのザマだよ」

シワに囲まれた斜視気味の目がこちらを睨《にら》む。まるで阿紗が雨を降らせでもしたかのように。

「いきなりの雨でしたからね」

老婆の表情がさらに険しくなった。

「雨？　そんな生易しいもんじゃないよ、あれは。スコール？　突然ドシャーッと。いつの間にか日本も東南アジアみたいな気候になっちまった。というかさ、この安もんの床、あんたどう思う？　どうにかなんないのかね、冷たいんだよ。こんなんじゃ尻から冷えて死んじまう。ったく、どうしてくれんだ。こっちは鍵なくして部屋に入れないんだよ。ずっと突っ立ってるわけにもいかないんだよ。だいたいさ――」

これが噂の難物か。

阿紗は初めて見る隣人をまじまじと見つめた。肩まで伸びた灰色の髪を無造作にひとつにまとめ、ねずみ色のワンピースをでれっと着ている。これまでの人生の不満を凝縮したかのように眉間には深いシワ。

「お隣の804号室には、ばあさんがひとりで住んでるんですがね。これが相当な変わり者でして」

このマンションに越してきた当初、管理をしている不動産会社の担当者が言っていた。

「世の中に対しても人に対しても、とにかくいつも怒っている。不機嫌が服着て暮らしているみたいなばあさんです。つかず離れずっていうより、つかないほうがいいですよ」

たしかに、こんな厄介者とはかかわらないほうがいい。

さっさと部屋に入ろうと思った。だが、斜視気味の目は何かを察したようだ。

あんた、あたしを見捨てる気?

無言のプレッシャーが矢のように飛んでくる。

「部屋に入れれば、合い鍵はあるんだ。だから部屋にさえ入れれば」

老婆はしゃがんだまま阿紗の背中に言った。

「末野《すえの》の奴、電話かけてもいやしない。いや、あれは絶対にいるね。居留守を決め込んでいる。いつ戻るって聞いたら、半日は戻らないとさ。ったく、何、悠長なこと言ってんだ。あいつは悪魔か。あたしにここでどうしてろっていうんだ――」

べらんめぇ調で担当者をののしっている。

「――連絡つくまでずっとここでしゃがんでろっていうのかい。いいかい？　あたしは見かけほど若くないんだ。こんな濡れネズミでいたら凍死してしまう」

ただ今の気温……体感でも25度はある。

いくらずぶ濡れになっても九月に凍死はしません。今年は残暑が厳しく、例年よりずっと暑いんだから。心の中で反論していると、セルフイメージよりは十歳は老けているであろう、推定七十五歳の老婆の目の光が変わった。

「嘘じゃないよ、寒いんだよ。このままじゃ風邪ひいちまう」

自分で自分を抱き締めるかのように身を縮め、こちらを見上げる。

横目で８０４号室のドアに掲げられた表札を見た。

五百井。

大学のとき、同じ苗字の教授がいた。「いおい」と読むのだろう。

二年と十ヶ月前の記憶が蘇ってくる。挨拶がわりのタオルを渡そうと何度もインターフォンを押した。午前中に出なければ午後に。出なければ日没後に。三十回、いやもっと押したかもしれない。それでもこの老婆は無視し続けた。きっとドアののぞき穴からこちらを見て、居留守を決め込んだのだろう。

そんな人間不信の塊のような女が、今、自分を頼っている。

どうしたものか。

トートバッグから部屋の鍵を取り出し、鍵穴に差し込む。左に二回。ゆっくりと回す。

「じゃあ、お気をつけて」

そう言い残すはずだった。

だが、お節介な唇が勝手に動く。

「とりあえず、こちらでお待ちになりますか。中でお話を聞きます」

まったく何を言ってるんだろう。ここでいい人ぶったって、何の得にもならない。末野だって、高い管理費を取っているのだから、いつまでもこの老婆を放置はしないはずだ。数時間以内にマスターキーを持ってここまで駆けつける。なのに……。

つい親切な隣人を演じてしまう自分がわからない。

「いいの？　ありがとうございます」

などと殊勝な態度を取るはずもなく、老婆はふんっと鼻を鳴らし、阿紗の後に続いて家にあがった。

玄関の右、廊下というには短すぎる通路の先のリビングのドアを開けて、ソファを指した。

「そちらにどうぞ」

老婆は濡れた服のまま、腰を下ろすと値踏みするかのように部屋を眺める。

「ここ何畳？　同じマンションだってのに、また随分と広いんだね」

責めるように言う。

８０４号室の間取りなど知ったことではないが、マンションの造りからして同じ平米数に思われる。ここが広く感じるのは、お宅が物で溢れているからじゃないですか、などと返すのもバカらしい。阿紗は相槌も打たず洗面所に行きタオルを持って、リビングに戻った。

「ほんとに風邪ひきますよ、拭いてください」

「わかってるよ、このままじゃ凍死しちまう」

老婆は束ねた髪をほどき、ごしごし拭き始めた。老人特有の枯葉を煮詰めたようなにおいが漂ってくる。

黙って窓を開けた。ほどよい湿り気を含んだ風が入ってくる。壁にかけてある温度計を横目で見る。25・2度。体内センサーはいつだって正確だ。

「ドライヤー使います？」

「いらないよ、そんなの。これでじゅうぶん」

「だけど、災難でしたね。鍵、いったいどこでなくしたんですか」

髪を拭いていた老婆の手が止まった。

「あんた、バッカじゃないの。わかってたら、こんなところにいないよ」

いきなりバカ、しかもこんなところ呼ばわり。

はちみつミルクを出そうと思っていたが、親切心はしぼんでいく。

「落としたから、今、手もとにないんだろうが。鍵がなくなるっていったら、フツーそうだろう。雨が降る前だか後だか、とにかくどっかで落とした」

老婆はワンピースのポケットに手を突っ込み、引っ張り出した。裏返った袋状の布に大きな穴が空いている。

「これ、この前まで小さかったのに、いつの間にかこんなに大きくなっちまった。あたしは用心深いからねぇ。なくしたときのために合い鍵は三本も作ってたんだ。でも、これで、残るは一本」

「部屋に、たしかにあるんですよね」

「しつこいね、さっきからあると言ってんだろ。あんた、あたしが年寄りだから、ボケてると思ってんだろ」

「ただ確認しただけです」

「悪いけど、あたしは記憶力だけはいいんだ。チェストの引き出しの真ん中にちゃんとしまってある」

斜視気味の目がこちらを睨んだところで、壁にかけた鳩時計が午後一時を告げた。老婆の肩がぴくりと上がる。

「なんだよ、デカイ音だねぇ。今どき鳩時計なんて。せっかくくつろいでいるのに、びっくりするじゃないか」

老婆は我が物顔でソファに座り直し、大きく伸びをした。

この目つきの悪さ、ごつい鷲鼻《わしばな》、底意地の悪さがにじみ出た喋り方。白雪姫やヘンゼルとグレーテル、眠れる森の美女……。けなげな主人公を不幸の渦に落とし入れる魔女そのものだ。

なんでまた自分は、こんな性ワルを部屋に入れてしまったのか。まったく魔術にかかったとしか思えない。

阿紗はリビングに続くキッチンに行き、冷蔵庫から牛乳を取り出した。大きめのマグカップに注ぎ、レンジで二分。そこにアカシアはちみつをたっぷりとたらす。

「温まりますよ。これ飲んでゆっくりしていてください」

はちみつミルクを老婆に渡し、短い廊下を通って寝室に行った。ベッドの前の窓から顔を出し、隣室をのぞく。

視線を左九十度に向けると四角いベランダがある。鉄柵までは難なく届きそうな距離。さらに身を乗り出して見る。鉄柵の前に目隠しを兼ねたブロック塀が張り出ている。幅二十センチ。じゅうぶん足場となる。

ベランダの先で薄汚いレースのカーテンが揺れている。不用心なのか、それとも換気しているつもりか。主がいない部屋の窓は開けっぱなしだ。

阿紗は窓の下に視線を移した。通用門付近には配送の軽トラックが一台とまっている。八階のここから地面まで三十メートル近くある。真っ逆さまに落ちれば、脳はくだけ散る。

だが……。

サイドテーブルがわりのスツールを窓際に引き寄せ、上に乗る。窓を越えるのにちょうどよい高さになった。手を伸ばし鉄柵をつかみ、足場のブロックに片足をかければ……思ったより簡単に隣のベランダに移れそうだ。

いったんスツールから下りた。

ほんとうに越えるのか。

我ながら突拍子もないことを思いついた。だが、魔女を追い払うにはこれしか方法がない。

ほんの数秒、宙を舞う恐怖よりも、あの厄介者にこのまま居座られる不快感のほうがずっと大きい。

リビングに戻った。ソファに浅く腰かけた老婆は、ヴェールのようにタオルをかぶり、腕組みをしている。コーヒーテーブルのマグカップは空っぽ。

「あの……」

老婆はこくりこくり舟をこいでいる。こちらが命を賭《と》した自問自答をしていたこの数分の間に、はちみつミルクを飲み干し、入眠までしてしまうとは。

揺り起こそうかと思ったが、やめた。

どうせまた不機嫌に鼻を鳴らされるにきまっている。

白川夜船のうちに、事を済ませてしまおう。

「そこでしばらく休んでてください。すぐ戻ってきますから」

阿紗は小声でそう言うと、リビングのドアをそっと閉めた。

寝室に移動する。

別にたいしたことじゃない。ここが八階と思うから恐怖が先に来るのだ。じゅうぶんな幅の足場に一五八センチの身長でも容易にまたげる高さの鉄柵。窓から身を乗り出しさえすれば、一分とかからず、隣のベランダに移動できる。

腹を決めたはずだが、もうひとりの自分が問いかける。ほんとうにそこまでする必要があるだろうか。

ある。

厄介者を家に招き入れたのは自分だ。こうなることはわかっていたはずなのに、つい情にほだされて……。でも、嫌なものは嫌なのだ。あの途轍《とてつ》もなく性格の曲がった老婆に居座られるのは。もはや一分たりとも耐えがたい。

阿紗はカーテンを逆サイドにきっちり寄せ、スツールの上に乗った。大きく息を吐く。この先は真下を見ないようにしよう。

もう一度、深呼吸し、半身を乗り出した。風が頬を打つ。隣のベランダの鉄柵の手すりをしっかりと握る。右足を踏み出し、ブロック塀の上に乗せる。あとは左足を上げれば、部屋から脱出だ。

よしっ。

宙を飛んだ。

と思う間もなく、鉄柵を越え、隣のベランダへと着地した。

案ずるより産むが易し。だが、産んだ先には案じた以上の障壁があった。

ミイラ化した植物と段ボール箱が散乱するベランダ。その先のホコリにまみれた網戸を開けて、立ちつくした。

何の罰ゲーム？

うちと同じ間取りだとすれば、十畳はあるはず。なのに、足の踏み場がどこにもない。

この物が散乱し、なんとも言えぬ侘《わび》しいにおいが充満する部屋から、鍵を見つけなければいけないのか。

足の甲にカラカラに干からびた落葉がまとわりつく。靴下のままベランダを飛び越えてきたことに気がついた。隣の家に足を踏み入れる。わずかな隙間に立つ。

「悪いけど、あたしは記憶力だけはいいんだ。チェストの引き出しの真ん中にちゃんとしまってある」

チェストってどれ？

ビールの空き缶、マッサージ器、脱ぎ捨てた靴下、ペットボトル、紙袋にレジ袋、朽ち果てつつある観葉植物、雑誌、段ボール箱……。ローテーブルの上の灰皿には吸い殻がチョモランマのごとく詰まっている。とにかく物、物、物……。家具のレイアウトがわからない。

胸の奥がざわざわしてくる。あの世界一、居心地の悪い廃墟にいた頃のことが思い出されてくる。

母は愛人として我が身を飾ること以外、何もできない女だった。週に一、二度、男が訪ねてくる日はリビングと寝室に散らばっている物すべてを六畳の阿紗の部屋に押し込めた。夜九時頃、やって来た「パパ」に挨拶をし、近況を報告したあとは、阿紗は部屋に籠らざるをえなかった。小さな廊下を隔てて聞こえてくる母の嬌声が嫌で嫌で、いつもヘッドフォンで音楽を聴いていた。

「THE END OF THE WORLD」

聴いていたのは英語の歌だった。小学校一、二年生の頃のことだ。歌詞の意味などわかるはずもない。母が子供部屋に押し込んだゴミの山の中からたまたま見つけた淋しげなジャケットのCD。ゴミの海に浮かぶイカダのようなベッドの上で膝を抱えて、繰り返し聴いた。

使用済みのタオルやよれよれの部屋着、脱ぎ捨てたままのストッキング、汚れたスリッパ、髪の毛がついたままのカーラー、残量が少ない化粧水、使わなくなったダイエット器具……薄暗い部屋のドアが開いたかと思うと、次々と母が見捨てた物が放り込まれる。ドア付近には飽きられた流行の服たちが、洗濯もしてもらえないまま山となっていた。六畳の部屋に淀んでいた侘しく煤《すす》けた空気。愛されなくなった物たちが発する死のにおい。

ヘッドフォンの外のことは何も聴かない、何も見ない、何も感じない。何を言っているのかもわからない外国の女の歌声と物悲しい旋律に集中した。

どういうわけか。きょうは昔のことばかり思い出す。

阿紗は呼吸を整え、部屋を見回した。

ベランダから入って左の物置き場はダイニングテーブルだろうか。

正面の脱ぎ捨てられた服がキャベツのように折り重なった下にはソファがある。脇には麦わら帽子をふたつ重ねてかぶった薄汚れたスヌーピーのぬいぐるみ。その隣にエスニック調の布で覆われた物体がある。覆われたというより、放られたというほうが近い。だらりと垂れ下がった布を取ると、三段のチェストが顔を見せた。

真ん中を開けようとした。何かがはさまっていてびくともしない。もう一度強く引く。動かない。今度は引き出しを持ち上げるようにして引っ張り、少しだけ動いたので、左右にがたがたと揺らす。奥にはさまっていたペンが取れて、なんとか引き出せた。

黄色いリボン、ポケットティッシュ、絆創膏《ばんそうこう》、乾電池、チーク、サプリメント、割りばし、栓抜き、体温計……。深さ二十センチはある引き出し一杯に秩序なく物が詰まっている。地層でいうところのいちばん上、泥岩の部分の物をローテーブルのわずかに空いたスペースに置いていったが、いくら掘り起こしても鍵は見つからない。

というか今、何時なんだろう?

時計が見当たらない。物が溢れている部屋に限って、肝心な物が見つからない。あるとしたら、あの下……。ソファの上で折り重なっている服を横目で見た。急に鼻の奥がムズムズしてきた。

マズい。

そう思ったときは遅かった。唾が飛ぶような大きなくしゃみが出た。おさまる間もなく、たて続けに二回。何年かぶりのハウスダストアレルギー。鼻水が垂れてくる。

ティッシュ。さっき引き出しから発掘したばかりのポケットティッシュに手が伸びそうになったが、やめた。きっとホコリまみれだ。ローテーブルの上のティッシュボックスを取り、鼻をかんだ。

「あんた、そこで何してんの？」

低く刺すような声がした。

老婆がそこに立っている。

なんで？

雨上がりに虹を見て、家に戻ると奇妙な隣人がいて、鍵をなくしたと騒がれ、部屋に招き入れたが、後悔し、ベランダを越えて隣のゴミ箱のような部屋に入り、何年かぶりにハウスダストアレルギーが再発した……。これはすべて悪夢なのか。

「何って、お宅の合い鍵を捜しているんじゃないですか」

「いったいどっから入ったんだよ」

盗人《ぬすっと》でも見るような目がこちらを見る。

「玄関から入れないからベランダから」

「柵を越えたのかい？　驚いた。よくもまぁ――」

「そっちこそ、どこから？」

「どこからって玄関からに決まってんだろ」

「だって鍵なくしたって」

「それがさ――」

ワンピースの襟ぐりに手を入れると、ネックレスのようなものを引き出してこちらに鍵を見せた。

「ないないと思ってたら、首からぶら下げていたんだよ」

疲れがどっと押し寄せてきた。

老婆はニッと笑った。目が月みたいになった。

2

白い木目の家から鳩が飛び出してきて時刻を告げた。

だが、誰も振り向きはしない。リビングの中央に置かれたコーヒーテーブルを囲んだ六つの瞳は絵本に注がれている。阿紗はゆっくりと読む。七歳児の頭の中で絵が動きだすように。


重たいよぉ。

きいろちゃんのからだの上にはたくさんのものがのっています。

頭の上にのっかっているのはノートさんです。

その上にあるのは？

まっくらなので、なにもわかりません。

「この中にあるかな」

みるちゃんの声といっしょに急に頭の上から光がさしてきました。

「みるちゃん、さがしにきてくれたの？　わたしはここだよ」

きいろちゃんは大きな声で言いました。

「あれ、ないな。黄色いクレヨン、どこに行ったんだろう」

頭の上でガサゴソと音がします。

「みるちゃん、ここだってば」

「ここにはなーい」

がたっと音を立てて引き出しがしめられました。

また、きいろちゃんのまわりはまっくらになりました。

見開きのページを終えたところで子供たちを見る。

「きいろちゃん、かわいそすぎるよ」

阿紗の正面に座る咲良《さら》がカーディガンの下に着たカットソーのフリルネックを引っ張りながら言った。

「えー、でも」

右隣で青いスウェットシャツを着ている元輝《げんき》が引き出しの暗闇の中で涙を流すきいろちゃんを指さした。胸もとには毛布を持ったライナスが描かれている。元輝にとっての毛布はゲーム機だ。読み聞かせの時間は、ゲームを禁止しているので、手持ち無沙汰でラグマットの毛をいじっている。きょうはきいろちゃんの動向が気になるのか、小さな拳は握られたままだ。

「きいろちゃん、泣いてる顔もかわいい」

元輝の感想はいつ何時《なんどき》も「かわいい」。男の子なのにと思わないでもないが、今の時代、それを口にするのは憚《はばか》られる。

「ぴえん。この感じじゃ見つけてもらえないんだろうね」

咲良の言葉を聞き、左隣の流香《るか》が心持ち上向きの鼻で笑った。

「なはずないよ。絵本ってさぁ、ハッピーエンドって決まってんだから」

七歳児の言葉づかいは女子高生とさして変わらない。

「さぁ、それはどうかなぁ。どっちにしても先が気になるのはいいことだよね」

阿紗は次のページを開く。

前につきあっていた男にフラれて五年。もうすぐ四十になるというのに、出会いもない。出会いを生みそうな縁も伝手もない。恋愛に関しては、ないない尽くしの日々を送っている。万が一、今から誰かに出会ったとしても、年齢的に子供を産むのは難しい。複雑な家庭に育ったせいで、どうしても親になりたいという願望はない。だからといって子供とまったく触れ合わずに年をとっていくのも淋しい。そんな思いで半年前から読み聞かせの仕事を始めた。

幸い、阿紗には、不労所得がある。

政界でそれなりに名の知られていた母の愛人、つまり阿紗の生物学上の父は、生前、母にこの都心のマンション、三部屋分の所有権を譲った。

三年前に母がなくなり、それがそのまま一人娘の阿紗の物になった。

あれほど嫌っていた男の持ち部屋を譲り受けるのは抵抗があった。だが、これは不幸な生い立ちに対する慰謝料なのだと思い直した。現金な人間だと思う。それでも女ひとり、贅沢しなければ、なんとかやっていけるくらいの保障がほしかった。

そんな中で見つけた読み聞かせの仕事だった。業務委託先の会社にしっかりマージンを取られるのでスズメの涙にも満たないほどの収入だ。それでも週に二回、一時間半。近所の子供たちを集めて絵本を読むことに、それなりにやりがいを感じている。

母に絵本を読んでもらった記憶はない。だから、こんなふうに聞かせてほしかったと思うトーンで、大袈裟にならない程度に感情を込めている。

「おかあさん、きいろちゃん、どこをさがしてもいないよ。これじゃおひさまがかけないよ。どこに行ったんだろう」

おかあさんの大きな目が——

次のページを読み始めたところでインターフォンが鳴った。エントランスじゃない。玄関のほうだ。

「誰？」

咲良が小首を傾げこちらを見る。

「初めてじゃね？　絵本の途中でインターフォンが鳴るの」

流香の言葉に元輝が頷いたところで、二度目が鳴った。

大変嫌な予感がする。

「ごめんね、ちょっと待ってて」

腰を上げ、玄関まで行く。

またせっかちな音が。早く開けろ！　と言わんばかりだ。

もしや……。

ドア穴をのぞく。

やっぱり。

チェーンをはずす手が重い。恐る恐るドアを開ける。

「おっそいねぇ、何してんだよ？」

隣の老婆が立っていた。

先ほど別れたときとは印象が違う。

「そちらこそ、どうしたんですか？　なんだか感じが……」

毛羽立ちが目立つねずみ色のワンピースは軽やかなグレーにかわり、リネンの黄色いカーディガンを羽織っている。髪もきれいにブラッシングされ、カーディガンと同色のリボンで束ねられている。おまけに化粧まで。

わずか一時間で五歳は若返っている。

「どうもしやしないよ。あんたが出て行ったあと、机の上にいろいろ置いてあったから」

　そうだった。カオスと化したチェストの引き出しを塞いでいたガラクタをローテーブルに置いたまま、老婆の部屋を出てきたことを思い出した。

　あのときはベランダを越えて興奮していた。冷静になって考えてみれば、玄関に直行し鍵を開ければよかったのだ。何もホコリにまみれて鍵を捜すことはなかった。まったく……。いったんはおさまった怒りが再燃してきた。

「一応、世話になった礼が言いたくてさ――」

　老婆の目が玄関に並ぶ小さな靴をとらえた。

「なんだ？　お客かい？」

「はい。今、ちょっと仕事中で」

「仕事？」

「あの実は――」

「センセイ、どーしたの？　おきゃくさま？」

　リビングから流香がやって来た。

「そう、大事なおきゃくさまだよ」

　阿紗より先に老婆が答えた。

「へぇー、センセイっていろんなお友達がいるんだ」

流香は長いまつげで覆われた瞳で上から下まで老婆を眺めると、ニッと笑った。

「まあ、友達っていったら、友達だね。ちょっとばかり、センセイに用事があってね」

相変わらずのぶっきらぼうな喋り方だが、目もとから険しさは消えている。

「ふーん、だったらあがったら？」

老婆は首を横に振った。

「そうしたいのは山々だけど、センセイが『今、仕事中で』って言うし。悪いから出直すよ」

上目遣いが阿紗を見る。

「えー、せっかく来たのに。センセイ、たまにはゲストがいてもいいでしょ。今ね、絵本読んでもらってるんだ」

「へぇー、絵本かい？　いいね」

老婆の目が見開かれた。

「でしょ。せっかくだから一緒に聞こうよ」

「ちょっと、流香ちゃん」

大きな瞳がおもちゃでもおねだりするかのようにこちらを見上げる。

「センセイ、お願い～。このおばちゃま、イケてるし、お友達になりたぁい」

どこがイケてるのか。七歳児の感性は阿紗の理解を超える。

「じゃあ、ちょっとだけお邪魔するかね」

言い終わらぬうちに靴を脱ぎ始めている。

「これ、一緒に食べようと思って、さっき駅ナカで買ってきたんだ。みんなでおやつに食べっか」

手土産を押しつけるように阿紗に渡した。紙袋は先週から駅ナカで期間限定で出店している老舗団子屋のものだった。

「イェーイ、おやついただきましたぁ」

小躍りする流香に手を引かれ、リビングに向かっていく。ピンクのスウェットシャツにグレーのチュールスカートをあわせた少女と同色のワンピースを着た老婆。後ろから見ると、孫と祖母のリンクコーデのように見える。

きょうはなんて一日なのか。

子供たちが家に居座る魔女のような女を見たら、怖がるに違いないと思っていた。だからこそ、自分はベランダの柵まで飛び越えた。思い出しただけでも足がすくむ。これじゃ、なんのための決断だったのか、わからない。

阿紗は頭を左右に振った。

「センセイ、早くぅ」

「続き、待ってるんですけどぉ」

元輝と咲良が呼んでいる。

リビングに戻ると、阿紗の定位置に老婆が座っていた。

「すみません、そこ。少しズレてください」

老婆はけだるそうに左にズレる。その目は絵本を眺めている。

「センセイは絵本を読むのうまいのかい？」

阿紗の顔は見ずに子供たちに聞いた。

「う～ん」

元輝は身体を左右に揺らし、明言を避けた。

「フツーにじょうず、かな。ママよりはマシ」

咲良の言葉に流香が頷く。

「それな。うちなんてママが忙しくって読んでもらったことないから、比べらんないけど」

子供たちの消極的評価に少し傷つく。

「そうだ、おばちゃま、読んでみてよ」

流香は老婆にすり寄る。母親とふたり暮らしのせいか、風変わりな年寄りにさっきから興味津々だ。

読んで！　読んで！　読んで！

残るふたりもせがむ。

老婆は顔色ひとつ変えない。

「ムリ」と拒否するでもなければ「仕方ないねぇ」ともったいぶるでもない。

読んで！　読んで！　読んで！

流香も加わり大合唱は続く。

「じゃ、読んでみっか。ちょっとあんた場所、変わって」

ここで抵抗しても無駄だ。阿紗は黙って腰を上げ、場所を移る。

老婆は咳払いすると、絵本を手にした。

その横顔を見守る。不意打ちの展開に苛立ちつつも、愛想のない、ぶっきらぼうな女がしわがれ声でどんな朗読をするのか。少しだけ興味があった。


「おかあさん、きいろちゃん、どこをさがしてもいないよ。

これじゃおひさまがかけないよ。どこに行ったんだろう」

おかあさんの大きな目がぎろりとこちらを見ました。

「みるちゃん、クレヨンはひとりじゃどこにも行かない。

あなたがなくしたんでしょ」

「だって……」

きいろちゃんがどこにもいないのに、おかあさんにもおこられて、みるちゃんはますますかなしくなりました。

「みるちゃん、ここだよ、ここ」

きいろちゃんはくらやみの中でひっしにさけびます。

でも、みるちゃんには聞こえないみたいです。


いったいどんな魔術を使ったのか。

あのしわがれ声がみるちゃんに、おかあさんに、そしてクレヨンに命を与える。言葉が白湯のように心に沁みてくる。

子供たちは一字一句聞き逃すまいと身を乗り出している。元輝の手もとを見た。両拳をぐっと握りしめ、物語の行方を見守っている。

負けた……と思った。自分とは格が違う。中学高校と裏方ながら演劇部に在籍し、大学では児童心理学を学んだ。ボランティアで絵本の読み聞かせをしたことだって何度もある。何をどう読めば子供たちの心をつかめるか、わかっているつもりだった。そんなちっぽけな自負心も老婆の朗読の前では吹っ飛んでしまう。

みるちゃんは言いました。

「いままで、ほんとうにごめんね」

そうしてタンスのはしっこにはさまって、かけてしまったきいろちゃんの頭をやさしくなでてくれました。

「もうぜったいにまいごにしたりしないからね。

だって、きいろちゃんがいなきゃ、おひさまもひまわりもかけないもん」

みるちゃんは、あかくんとみどりちゃんのあいだ、なつかしいクレヨンのお部屋にきいろちゃんをもどしました。

「ありがとう」

きいろちゃんはお礼を言いました。

みるちゃんには聞こえない声。

でも、きょうはちゃんと届いている、そんな気がします。

「きいろちゃん、おかえり～」

「みんな待ってたんだよ」

なかまたちがなつかしいお部屋でかん声をあげています。

老婆は六つの瞳をゆっくりと見まわして絵本を閉じた。

ひと呼吸おいて子供たちは手を叩いた。

これまで数十冊の絵本を読んできたが、阿紗は一度も拍手されたことがない。

「面白かったぁ」

「マジ引き込まれたぁ」

「おばちゃま、神すぎるぅ」

流香はうっとりとした目で言った。

「てか、もう一回はじめから読んでもらいたいんだけど」

神とまで崇められた老婆はけだるそうに首を振る。

「やだよ、一回でじゅうぶん」

魔法はとけた。しわがれ声に戻った老婆は、背後のソファにずりあがるようにして座った。

「はぁー、疲れた。絵本はおしまい。よし、みんなおやつ食べよう」

子供たちから歓声が起こった。

「きょうのおやつはみたらし団子。食べたことあるかい?」

老婆は阿紗がソファに置いておいた袋を取って、こちらに突き出した。

「ぼけっとしてんじゃないよ。これ皿に盛って」

しゃくれた顎でキッチンを指す。

「ちょっと待ってください。おやつの前にみんなに『迷子のきいろちゃん』の感想を聞かないと」

「は？」

老婆の眉間にシワが寄った。

「野暮なこと言ってんじゃないよ。あんた、あたしが絵本を読んでるとき何してた？見てないのかい、この子らの顔を」

「もちろん見てました」

「だったら、わかるだろうに。大人が気に入るような感想を無理くり引き出す必要なんてない。そんなこと誰も求めちゃいない。この子らは絵本の中で遊びたいだけ。クレヨンたちの世界でたっぷり楽しんだ。それでじゅうぶんだろうが」

子供たちはニヤニヤしながら頷いている。

「でも、この会は——」

「四の五の言わずに、ほら早く皿！」

抵抗する気も失せた。

キッチンに向かい、予定外のおやつの用意をした。

子供たちは自己紹介をしている。

「あたし、るか」

「へぇー、イケてる名前だね。大昔、同じ名前のえらい人がいたよ」

「そうなの？　誰？」

「だから、ルカ」

子供たちが受けている。

「僕はね、げんき」

「あたしは、さら」

「そうか、ふたりともいい名前だ」

「僕はね、月曜だけきてるの」

「あたしとさらちゃんは、月曜日と水曜日にここに来てる。水曜日はね、げんきくんとは別の子が来るんだよ」

「へぇー、下水の日に来てるんだ」

流香が笑い出した。

「げすい？　月と水だから？　ほんと受けるぅ。ねぇ、おばちゃま、なんて名前？」

「やえ」

「かわいいー」

元輝は持ちうるボキャブラリーで最大の誉め言葉を口にした。

「みんな、簡単な漢字だったらわかるね。数字の『八』に『重』いって書いて、やえってんだ」

「それってさ、今はやりのシワシワネームでしょ」

「それな」

咲良の言葉を引き取った流香が言った。

「ねぇねぇ、おばちゃまのこと、これからやえちゃんって呼んでいい？」

「ああ、もちのロンさ」

「それ、もちろんってこと？　ウケる～」

大皿に入れたみたらし団子と茶をテーブルに置きながら、まんざらでもないといった表情で鼻を鳴らす八重を見た。

つい数時間前にこの部屋のソファで枯葉を煮詰めたようなにおいを振りまいていたのと同じ魔女鼻。だが、魔女は魔女でも、いまやよい魔女だ。シンデレラでかぼちゃを馬車に変えた魔女みたいに、平凡な絵本を声音ひとつで名作に変えてしまった。

「ところでおばちゃま、いくつ？　てか、おいしい、これ」

流香がみたらし団子をほおばりながら聞いた。

「いくつに見えるかい?」

「五十歳くらい?」

流香なりの気遣いかと思ったが、案外本音かもしれない。物心ついたとき母の愛人は五十を超えていた。ひどく年老いて、「おじいちゃん」に見えたことを思い出した。

「はずれ。二七二歳」

「ヤバい。若く見える!」

「だろっ」

八重も子供たちも、阿紗が見たこともない顔でケラケラ笑っている。


子供たちが帰っていった。

八重はソファに寝転がった。大の字になって手足を伸ばせるだけ伸ばしている。ソファは座るものだ。寝るためのものではない。

「あー、疲れた」

他人の、しかも数時間前に初めて言葉をかわした人間の家でどうしてここまでくつろげるのか。

「うまいんですね。絵本読むの」

「別にフツーさ」

八重は寝転んだまま答えた。

「いや、あれはフツーじゃないうまさです」

フツーというのは、自分の朗読をさすのだ。咲良が指摘していたように。

「どうだかね。大昔、ちょっとだけ子供相手の仕事をしてたからね」

子供相手の仕事？　幼稚園の先生だろうか？　まさか、このいけずな老婆が。

「そうなんですか」

「なんだよ、意外そうな顔して」

「そんなつもりはないんですけど。でも、たしかに言われてみれば、子供たちの扱いも慣れているみたいでしたものね」

「扱い？」

「ええ、子供たちがあっというまに懐いていて――」

「だからダメなんだよ、あんたは」

八重は半身を起こして、声を尖らせた。

「ダメって何がですか」

「あんた、子供のこと、舐めてるだろ。ハナっから大人より欠けた人間だと思って、上から目線だから、扱いなんて言葉が出てくる。だいたい子供たちの前で、なんであんな猫なで声出すんだい？」

「そんな……。フツーに喋ってますけど」

「いいや、今のその低い声があんたの地声だ。そっちのほうがよっぽど自然なのに。心のどっかで『子供だから』って舐めてるんだ。だから、そんな人工甘味料みたいな声が出る。読み聞かせってのは、作り声で朗読をひけらかすことじゃない。からっぽな存在になって絵本の世界と子供たちをつなぐパイプになることなんだ。なのにあんたときたら――」

延々と説教が続いている。

自分はきょう八重と出会った。隣人として、できるだけのことはしたつもりだ。なぜこうも否定されるのか。怒りを通りこして不可解でしかない。

「ちょっと聞いてんの？」

「はい。ご指摘ごもっともです」

ここで反論なんてしたら、説教はあと一時間続きそうだ。

「わかりゃいいんだよ、わかりゃ。……お茶」

「へ？」

しゃくれた顎がコーヒーテーブルの上のカップを指した。

「察しが悪いね、お茶のおかわり」

人を顎で使うことは上から目線にならないのか。立ち上がり、キッチンに行く。

冷蔵庫から麦茶を出し、だばだばと注いだ。

「どうぞ」

コースターも敷かず、トンと八重の前に置いた。

「ところで――」

八重はソファからずりおり、麦茶をごくごくと半分ほど飲むと、言った。

「あんた、なんて名前？」

「アサです」

「苗字は？」

それくらい表札を見ればわかるだろうに。

「ナツノです」

「夏の朝？　名は体《たい》を表すっていうが、あんたの場合は爽やかな感じしないねぇ」

「すいませんね、しけた顔してて」

指摘された通り、低い地声で言い返していた。

「あたしの名前は阿佐ヶ谷姉妹の阿に糸へんに少と書いて紗。モーニングの朝とは関係ありませんから」

八月一日の午前四時五十分、夏の早朝に生まれたから、あさと名付けられた。ほんとうは朝にしたかったが、画数が悪かったから、今の字になったと聞かされている。だが、そんなことといちいち説明する必要はない。

「まぁ、しかし。あんたにも長所はある。まぁ、この部屋を見る限り、掃除はうまい。うちと同じ間取りとは思えないね。絵本を読むより、掃除のほうがうまいんじゃないか」

褒められているのか、けなされているのか。

「それはどうも」

「その長所を見込んでだ、お願いがある」

「お願い？」

思わず身がまえる。

「実はね」

八重はワンピースの襟ぐりに手を突っ込み、首にかけていた鍵を取り出した。

「これ、預かってほしいんだ」

「あたしがですか？」

「そう、お隣さんのよしみで、頼むよ。あんたがこれ持っててくれたら、きょうみたいに鍵が見当たらないときも、助かる」

「でも、きょうだって首にかけてたじゃないですか」

「ああ、たまたまね。だけどさ、自慢じゃないが、あたしは過去に二度鍵をなくしてるんだ。二度あることは三度ある。しかも、この鍵は合い鍵じゃない本鍵ってやつだろ。なくすと大変だ」

鍵を首からはずし、こちらに差し出してくる。

この数時間で起きたことを頭の中で早回しした。きょうみたいなことは二度と御免だ。

また鍵をなくしたと騒がれるくらいなら預かっておいたほうがまだマシかもしれない。

「わかりました。じゃあ、こちらで預かります」

鍵を受け取り、コーヒーテーブルの上に置いた。

「よかった。それと、これからが本題だ。実は昼間にあんたが出ていってから、チェストの中を見たけど、いくら捜しても、あるはずの鍵がないんだ。で、見つけるの、手伝ってほしいんだよ」

不気味な笑顔でこちらを見る。

「で、ついでに、部屋の片づけも、手伝ってほしい。さっき見ただろ、あのザマだからね。こっちもどっから手をつけたらいいかわからない」

ゴミ箱をひっくり返したような部屋が思い起こされる。

隣の部屋ではない。

子供時代を過ごした部屋だ。

ゴミの海に浮かぶイカダみたいなベッドの上でヘッドフォンで音楽を聴いている少女。

あの頃、自分も、どうすれば部屋が片づくのかわからなかった。どうすればこの侘しいにおいがなくなるのか、どうすればベッド以外の自分の空間が作れるのか。なんとかしたいのに、なんともできなかった。

母は人の部屋にゴミを押し込むばかりで片づけのかの字も教えてくれなかった。物だけじゃない、自分の心の中も片づけられない女で未整理のどろどろした感情をしょっちゅうぶつけてきた。物とホコリと罵声にまみれたゴミの海。

「鍵は預かります。でも、なんであたしが一緒に――」

無遠慮に自分の感情をぶつけてくる八重と母の姿が重なる。

「言ったろ、あんたの長所を見込んでと。あんたなら、鍵を見つけ出せる。頼んだよ、かわりにまた絵本を読んでやるから。もちろん無償で。どう?」

「どうって言われても」

「嫌なのかい?」

「嫌っていうか、あたしがそこまでする理由が——」

八重は大きなため息をついた。

「ったく薄情な女だね。あんたにはアガペーってもんがないのかい」

「アガ……?」

「薄情な上にもの知らずときた。アガペーってのはね、隣人愛のことだよ。よく言うだろ、『自分を愛するように隣人も愛せ』って」

「すいませんでしたね、もの知らずで」

「悪い癖だよ、すぐそうやって拗ねる」

「拗ねていませんよ、別に」

八重が身を乗り出してきた。

「そう、じゃ、お願いしていいんだね」

「ちょっと待ってください。どういう論法なんですか、あたしまだOKしたわけじゃ——」

「論法も文法もへったくれもない。きょう、この部屋に来て思ったんだよ、やっぱり、片づいてる部屋はいい。汚い部屋は汚いなりに味があるし、落ち着くなんて思っていたけど、とんだ間違いだった。やっぱり部屋はこうでなくちゃ。すっきり片づいて空気まで澄んでいる。この辺がすっとするんだよ」

八重は胸のあたりを撫でた。

「あたしの部屋だって昔はこんなだったんだ」

嘘だ、絶対に。

「だけど、どこでどう間違えたのか、気がつくとあのザマさ。明日こそ片づけよう明日こそって思ってるうちに気がついたら……。きょうあんたに会ったのは天の思し召しだ。そろそろおまえもいい年だ、万一のときに備えて、部屋の片づけを始めろってね。何度も言うが、あたしも見かけほど若くはない。残り少ない人生、きれいな部屋で過ごしたいじゃないか。流行りの終活ってやつだよ」

渡したはちみつミルクか、子供たちの大歓迎か。それともベランダを越えてしまったからか。何が災いしたのか。何かが八重の終活モードのスイッチを押してしまった。

「それでもあんたがノーと言うなら、『下水』の日のどっちかにここに押しかけてやる」

八重は自分の頭を人差し指でコツコツと軽く叩いた。

「しっかり記憶したよ。月曜日か水曜日、下水のどっちかに行けば、ルカがいる。あの子はあたしの大ファンだからね。子供の前では、あんたもあたしを無下にはできないだろう」

人の迷惑顧みず。どの口が「隣人愛」などと抜かすのか。

「わかりました。鍵を捜します。部屋の片づけもお手伝いします」

だから、こちらの生活はこれ以上、かきまわさないでくださいという言葉は心にしまっておく。終活だかなんだか知らないが、片づけの手伝いさえ終わったら、もう二度と関わらない。

「そうこなくっちゃ。よし、思い立ったが吉日。今からちょっとばかり頼むよ」

「今からですか」

「そう、きょうのところは鍵を見つけるだけでいいからさ」

白く小さな木目の小屋から鳩が出てきて時刻を告げた。

午後五時。いったい何時まで、この恐ろしく身勝手な女につきあわされるのだろう。

まったくなんという凶日。

3

鍵をなくしたと大騒ぎして、初対面の隣人にベランダを越えさせた八重は、なくしたはずの鍵をしっかり身につけていた。

〈ないないと思ってたら、首からぶら下げていたんだよ〉

想像を絶するオチ。湧き上がる怒りと舞い上がるホコリ。「でしたら、あたしはこれにて失礼します」。そう言い残し、阿紗は八重の部屋を出た。

あれから三時間以上経ち、日も暮れかけている。この呪われた空間に一日に二度も足を踏み入れるとは夢にも思わなかった。

阿紗は改めてカオスと化した部屋を見直した。

問題のチェストの二段目と三段目は引き出されたままになっている。その脇にはチェストの中身を無造作に積み上げたガラクタの山。

「ここをちょっとばかり捜してみたんだがねぇ。ないんだよ、鍵が」

新山を足で押しのけるようにして八重は床に腰を下ろした。

阿紗はホコリ対策用マスクをずり上げ、チェストに近づいた。「鍵が入っている」とあれほど言っていた二段目は、ほぼ空。一段目は手つかず。三段目には、半分以上ガラクタが残っている。

「鍵はたしかにこのチェストのどこかに入れたんですね？」

八重の眉間にシワが寄った。

「しつこいねぇ、あんたも。同じことを何回聞きゃあ、気がすむんだい？　あたしのこと、信用できないってのかい？」

子供たちといたときの八重はもういない。昼過ぎに玄関前でしゃがみ込んでいた不機嫌な老婆に戻っている。

「一応確認しただけです」

言いたいことは山ほどある。

でも、今はあえて抵抗しない。阿紗は一階にあるマンションのゴミ置き場から拝借してきた段ボール箱をふたつ八重の前に置いた。

「お言葉通り、その中に確実にあるんだったら、鍵捜しはあと。まず、そこに山と積まれた物を仕分けてください」

さらに眉間のシワが深くなった。

「仕分け？　なんでまた？」

「たとえ鍵を見つけ出したとしても、今のこの状態だとしまう場所がありませんよね。さっき部屋の片づけも手伝ってくれと言ったじゃないですか。せっかくの機会です。チェストの中から出した物を整理してから、鍵を捜しましょう」

八重は鼻を鳴らした。

「ったく、エラそうに」

すみません……。条件反射で謝りかけたが、やめた。

「少なくとも片づけにおいては、あたしのほうが慣れてますから」

片づけには順番がある。溢れる物をそのまま収納スペースに詰め込むのではダメ。まず仕分け。取捨選択をして自分の生活に何が必要かを見極めることから始めなさい——。そう教えてくれたのは、三十代半ばまで勤めていた会社の綾乃《あやの》先輩だ。

ゴミ箱のような部屋で育ったせいで、十八歳で独り暮らしを始めるまで阿紗も片づけられない女だった。１Ｋ、家賃七万円。親のゴミ箱がわりにされない、自分だけの空間を手に入れたのに、なかなか理想の部屋を作れなかった。

なんとか部屋としての体裁を整えたと思っても、いつの間にか服が増え、小物が散乱し、すぐに元の汚い状態に戻り……。鍵や携帯がしょっちゅう迷子になり、捜し物は日常茶飯事。そんな生活が変わったのは、大学を卒業してからだ。「余白のある暮らし」がコンセプトで生活雑貨を扱う「ＹＵＴＯＲＩ」に入社後、商品企画部に配属され、ようやく片づけのなんたるかが見えてきた。

「快適に暮らしたいと本気で思っているのなら、あたしに従ってください」

綾乃先輩に教わったこと、それに加えて自分で体得したこと。片づけに関しては、それなりのノウハウを積み上げてきたと自負している。

「はいはい、わかりましたよ、片づけ大先生」

いちいちカチンときても前に進まない。この嫌味なもの言いに慣れるしかない。

「じゃあ、こっちの箱に必要な物を入れてください」

抵抗しても無駄と悟ったのか、八重は「温州みかん」と書かれた段ボール箱を引き寄せた。

阿紗はミネラルウォーターが入っていた段ボール箱をその隣に置いた。

「細かいゴミの分別はあとでこちらがしますから、いらない物はミネラルウォーターの箱のほうに。紙クズとか布きれはポリ袋に入れてください」

分類しすぎないのも、片づけの基本だ。最初から細かく分類しすぎると、「これはどっち?」「どうしたらいいかわからない」と仕分け自体が億劫になってしまう。

「いる、いらないを見極める基準はおまかせしますけど、取っておく物は、ひと目で把握できる数にしてください」

八重は「終活をしたい」と言っていた。人生を畳む準備をしたいのなら、物への執着は極力おさえたほうがいい。

「『これはいる』と思っても、もう一度自問してみてください。『はたしてほんとうにいるのか』と。そこまで大切な物なら、なぜチェストの底で眠っていたのかと考えてみるといいですよ」

「はいはい、言う通りにしますよ」

靴下の片割れやら、ひと昔前のガラケーやら、パッケージがはげたリップクリームやら。八重はガラクタの山の頂付近にあった小物をミネラルウォーターの箱に次々と放り込んでいる。思っていたよりも、迷いがない。引き出しの中で地層化したまま放置していたのだから思い入れもないのだろう。

阿紗はゴミとガラクタを避け掃き出し窓まで行った。まるでケモノ道だ。カーテンレールの桟《さん》にかかった針金ハンガーを取り除きながら、何から手をつけるか考える。

一日も早く動線を確保したい。そのために小物のじか置きをやめ、四隅をすっきりさせて……。この部屋を蘇らせるために、やるべきことは山とある。だが、時間は限られている。一度に多くのことをやろうとすると息切れを起こしてしまい、あとが続かない。

今の状態では、八重がくつろげる空間は一畳にも満たない。推定一五五センチの八重が両手を広げてもじゅうぶん快適に過ごせる、半径一メートルのスペース確保を本日の課題としよう。二畳分ほどのグレーのラグマットに置かれた黒革のソファとグリーンのローテーブル。この空間から、余分な物をすべて取り除く。

阿紗は家から持ってきたポリ袋の中に散らばっているゴミを入れ始めた。切れた輪ゴム、お菓子の包装紙、空のティッシュボックス、丸めたティッシュ、くしゃくしゃのレジ袋、ＨＯＰＥの空き箱……。たまにリモコンや未使用のポケットティッシュがあるとローテーブルの上に置く。チョコレートの空き箱、割りばしの袋、期限切れのキャンペーンの台紙。ペットボトル、またペットボトル……。拾うたびにうんざりする。一本きちんと飲み干せばいいものをいずれも三〜五センチくらい残っている。その処理とキャップとラベルはがしは、家に持って帰ってからすることにして、ひたすらポリ袋に詰め込む。黙々と作業を続けていると、チェストの前でガラクタの山と格闘していた八重が振り向いた。

「思ったより、ペンやマジックが多いね。三段目も捜してみたけど、出てくる、出てくる。どうしようか、これ」

両手の親指と中指で握った大量の筆記具をこちらに見せた。ざっと見た感じ、五十本はくだらない。

「まるで、『迷子のきいろちゃん』だね。色鉛筆も二本ばかり出てきた」

両手で作ったわっかに入りきらない筆記具は八重の膝の上にある。その中に黄色とグレーの色鉛筆が交じっていた。

「色鉛筆は取っておいたらいかがですか」

十二色か二十四色か、あるいはもっと。色鉛筆のケースがこの家のどこかに埋まっているはずだ。

「ボールペンやサインペンは……。数本残して、処分したほうがいいと思いますけど」

　自分が何をどれだけ持っているのかを把握しておかないと、次々に似たような物を買い足して、ますます散らかるという悪循環に陥る。

「こんなにあるのに？　どれもまだまだ書けそうだよ」

　八重は一本のボールペンを取り出し、近くにあった紙の切れ端に試し書きを始めた。

「ほら、これもまだちゃんと書けるのに。勿体ない」

　部屋が汚い人ほど「勿体ない」と口にする。ほんとうに勿体ないと思うなら、一本きちんと使いきってから買い足せばいいものを。

　八重の膝の上には筆記具の山ができている。一日一本ボールペンを使いきるという勉強法を聞いたことがあるが、これから医学部めざして浪人でもしない限り、すべてを成仏させることはできない。

「ポストカード一枚にスマイルマーク600個。それを四十九枚。29249個書き終えてようやくボールペン一本の寿命が尽きるっていう実験結果を前になんかで読んだことあるんです。ボールペン一本のインクってそれぐらいたっぷりあるんですよ」

　スマイルマークをひとつも書かないままボールペンを死蔵しているほうがよっぽ

ど勿体ない。

「八重さんが今後十年生きるとします。これだけの量を絶対に使いきれませんよね」

斜視気味の目がこちらを睨む。

「あんたって、冬の朝みたいに冷たい女だね。このあたしがあと十年しか生きないって？」

「誰もそんなこと言っていません。たとえばの仮の話をしただけです」

八重の眉間のシワはまだ深いままだ。

「わかりました。捨てるのが嫌なら、フリマサイトであたしが売ります」

「そう、それがいい」

「じゃあ、赤、青、黒。一本ずつだけ残して、他はこの袋に入れてください」

床から拾い上げたばかりのレジ袋を差し出した。

「三本……たったそれだけで足りるのかい？」

「大丈夫、さっきテレビの近くで四色ボールペンを一本見つけましたから。それと……」

ローテーブルの上のボールペンを手にして八重に見せた。

「ここに名前入りのボールペンも一本あるから、全部で五本です」

五百井八重の名の裏のあたりに国境なき医師団と印刷されている。

奇しくも阿紗も同じ物を持っている。母の遺産が入ったとき、いくばくかの寄付をした返礼に送ってきた。

「はいはい、わかりましたよ」

八重は、膝の上の山からボールペンを一本一本手に取り、この部屋に残す珠玉の三本を選び始めている。

阿紗はふたたび作業に戻った。

次なるはソファだ。横たわることもできる大きめの二シーターは洋服置き場と化している。ソファの右端のわずかなスペースで黄色いクッションがへしゃげている。八重はここに座るのか。それとも頭を乗せるだけだろうか。阿紗の家のソファで伸びをしたり、寝転がったりしていた姿がよぎった。

「八重さん、せっかくこんないいソファを持ってるんだから、正しく使いましょう。ソファは物じゃなくて身を置く場所です。きょうからここに服を脱ぎ捨てないでください。上に置くのはクッションとひざ掛け、あとは八重さんの身体だけです」

「はいはい」

聞いているのか、いないのか。八重はボールペン選びに夢中になっている。

阿紗は下がり気味になったマスクをもう一度、ずり上げた。

ソファの端っこでキャベツ化している服を一枚一枚はがす。ワンピースやカットソーやカーディガン。よく着る一軍選手が多いのだろう。部屋の隅で朽ち果てつつあるパキラの足もとにほどよいサイズの〈ａｍａｚｏｎ〉と書かれた空箱がいくつか転がっている。この年でネットショッピングをしているのか。いちばん大きな箱を脇に引き寄せ、畳んだ先から服を入れていく。

いったい八重という女はどういう金銭感覚をしているのか。ファッションにはそれほど詳しくない阿紗でもわかるハイブランドの服が多い。背中を丸めてチェストをのぞき込んでいる八重を横目で見た。あの黄色いカーディガンもいかにもモノがよさそうだ。ローテーブルに視線を移す。ほとんど減っていないディオールのオードゥ トワレが無造作に置かれている。すっかり艶を失っているものの、ソファは本革。テレビも無駄に大きい四十九インチ。八重が浪費家であることは間違いないが、資金力もかなりのものだ。

ソファのアームと服の山の間にらくらくホンがはさまっている。救出してうっすらまとったホコリを取り去り、ローテーブルに置いた。身ごろがグレーで袖が黄色いバイカラーのカーディガンを引きはがして畳んでいると、八重が振り返って言った。

「ボールペンも選んだし、ゴミ山の仕分けも終わった。ついでに二段目と三段目の引き出しに残っていた物も仕分けたよ」

「早いですね。この勢いで一段目の引き出しの中から鍵を捜してください」

カーディガンをＡｍａｚｏｎの箱に入れながら答えた。

「根を詰めて、疲れたよ。手伝ってよ」

阿紗は、手にしていたニットを畳み、箱に入れると腰を上げた。八重のかわりにチェストの引き出しを開ける。覆いのようにかけられていたシワだらけのスカーフを取り除く。二段目の引き出しくらい、いやそれ以上に物が詰まっている。

まず大きな懐中電灯を温州みかんの箱へ。今はもう売っていないＭＤプレイヤーとＭＩＬＤ ＳＥＶＥＮも1カートン出てきた。ひとまずこちらも取っておく。タータンチェックの折り畳み傘。これもいる。フクロウの貯金箱を取り出し、傍らに腰を下ろした八重の顔を見る。「いる」と即座に答えたので手渡す。ひしゃげたティッシュケースの下に紫色に輝く石が見えた。なんだろう、引っ張り出してみると、数珠のようなものの先に十字架がついている。

「これは？」

「見りゃわかるだろ、ロザリオだよ」

阿紗の手からロザリオを引き取り、左手に巻きつけた。

「いいかい？　こうやって使うんだ」

父と子と聖霊の御名によりてアーメン

八重は額から胸の谷間あたり、左胸、右胸の順に十字をきる。

めでたし聖寵充ち満てるマリア
主御身と共にまします
御身は女のうちにて祝せられ
御胎内の御子イエズスも祝せられたもう
天主の御母聖マリア……

途中で祈りをやめて言った。

「こんな感じさ。アヴェマリアを繰り返し唱えるときに使うんだよ」

「アヴェマリアって今のお祈りのことですか」

八重は頷いた。

「日本語で言うと、聖母マリアへの祈り。仏教で言うところの般若心経《はんにゃしんぎょう》みたいなもんだね。カトリックじゃメジャーな祈りさ。そういや、祈りの最後にアーメンっていうだろ。あれ自体は意味はない。今で言う『だよね』みたいな同意の言葉さ。こんなゴミ部屋にいてもね、祈りを唱えて『アーメン』と言えば、心が澄んでくる」

「心が……澄む？」

あまりにも八重のイメージとかけ離れた言葉だ。

「ああ。祈りを唱えていると、汚れちまった心が洗われるような気がする」

「あの、もしかしてカトリック信者だったりします？」

「洗礼は受けた。でも、こちとら破門された身だから」

「え？」

「昔シスターになりかけたんだよ」

「シスターって、あのシスター？　修道女のことですか」

実家の近くにカトリック系の女子高があった。阿紗自身は仏教系の女子高に通っていたが、通学途中でたまに、グレーの修道服に身を包んだシスターを見かけた。

「ああ、キリスト教の尼だよ。あんた恵和《けいわ》女学院って知ってるかい？　あたしはあそこに通っていてね。短大を卒業したあとも、母校の幼稚園で保母をやっていたんだ」

大昔、子供相手の仕事をしていた——そういえば、さっき八重が言っていた。

「どういうわけか、園長のシスターに気に入られてね。『あんたはシスターの資質がある。うちの修道院に入らないか』ってしつこく誘われて。もともとうちの親も信者だったし。何より若かったからね。人と違うことをやってみたいって思いもあって、しばらく修道院で見習いをしてたんだ。ま、いろいろあってつまずいて、結局、逃げ出してきちゃったけどね」

そのいろいろを詳しく聞きたい。咄嗟にそう思った自分に戸惑う。

八重は腰を上げ、一段目の引き出しの中をかきまわした。

「お、捜してたんだよ、これを」

SONYの小さなラジオを取り出すと、電源を入れた。だが音は聴こえない。

「なんだよ、電池が切れてる」

そう言って、温州みかんの箱に入れた。

「まあ、いいや。三段目の引き出しでCDラジカセを見つけたし。おっ、懐かしいのが出てきた」

手に取ったのは一枚のCDだった。

「BOTH　SIDES　NOW」

ワイングラスを前にした女がタバコ片手に物憂げな顔でこちらを見つめている。

見覚えがあるジャケットだった。かつて暮らした部屋のガラクタの中にも同じ物があった。

「これ聴いてたんですか」

「ああ。あたしの人生のテーマ曲だからね」

八重は嬉しそうにケースを開けて、こちらに見せた。中に入っているのは、オアシスの「WHATEVER」だった。

「それケースと中身違いますよね」

「BOTH　SIDES　NOW」と「WHATEVER」。はたして、どちらが人生のテーマ曲なのか。わからない。ケースと中身が別々でも平気でいられる八重の神経はもっとわからない。

「さっき、オアシスのほうのケースを見つけたからあとで入れ替えなきゃ。おお、ここに隠れてたのか」

満足そうに頷く八重が取り出したのは、三十六色の色鉛筆だった。蓋を開けると、五本ばかり足りない。阿紗は箱の中から、さっきのグレーと黄色の色鉛筆を取り出して、定位置に戻した。

「おっ」

引き出しの中を探っていた八重がまた声をあげた。

「ついにあったよ、鍵が」

八重は年代ものの浅田飴の青い缶をこちらに見せた。

「その中に入っているんですか？」

八重は笑顔で頷いた。

だが、錆《さび》がついた蓋を開けた途端、眉根にシワを寄せた。

「あたしとしたことが、間違えた。道理で軽いと思った。ほら」

青い缶の中には、ペンダントチャームと茶色くしなびたキノコのような物が入っている。

「このチャーム、マリア像が彫られているんですね」

「チャームじゃなくてメダイユ。あたしたちはおメダイって呼んでた。お守りとはちょっと違う、神を信じる証みたいなもんだよ」

「そうなんですか。じゃあこっちはなんです？　その茶色いの。漢方かなんか？　アガリクスとかですか」

「あんたって、ほんともの知らずだね。これはヘソの緒。あたしのレーゾンデートル。でも、おかしいね。たしかに浅田飴の缶だったのに――」

八重はぶつぶつ言いながら、引き出しの中を探っている。

いろいろあったという八重だが、この年まで母との絆を取っておいているのだから、それなりに愛されてきたのだろう。

それに比べて自分は……。夏の早朝に生まれたこと以外、出生について何も知らない。実家のどこかにヘソの緒があったのかもしれないが、見せてもらったことも見たいと思ったこともなかった。母の死後、その持ち物の大半は業者にまかせて処分した。

「これだよ、これ。思い出した。鍵はこっちに入れておいたんだった」

八重は引き出しの中から、別の浅田飴の缶を取り出しカラカラと振って見せた。今度はチョコレート色。NIKKIと書いてある。

「ほら、あった」

八重が蓋を開けると、綿ボコリと一緒に鍵が入っていた。

「よかったですね」

ようやく見つかった。

こちらも重荷をひとつ下ろしたような気分になってくる。

「ああ、ないないと思っていた物が見つかると、嬉しいもんだねぇ」

阿紗は引き出しの中をのぞいた。五百円の旧札、源氏物語絵巻が描かれた二千円札。韓国の五万ウォン札。小さなサイコロ、ボロボロのがま口財布。銀行の名が入った手帳、これまた期限切れのキャンペーンの台紙……。まだ三分の一ほど物が詰まっている。

「あともう少しです。あたしはソファまわりを片づけますから、残った物を仕分けしてください」

「了解」

捜し物が次々と見つかるのが嬉しいのか。八重にしては珍しく素直に頷いた。

「終わったよ、チェストの中はすべて仕分けた」

掃き出し窓を開けてクッションを叩いていると、八重が言った。

ありったけのホコリを内包しているであろうクッションに二度ほどパンチをくらわして、ソファに置き、チェストの前に行った。

引き出しは三段とも空になっている。温州みかんの箱は三分の二ほど埋まっている。ミネラルウォーターの箱は不用品で溢れかえっている。ポリ袋もほぼいっぱいだ。

阿紗は一段目の引き出しの底にへばりついている輪ゴムや髪の毛を取り去り、丁寧に拭いた。箱の中から浅田飴の缶――レーゾンデートルのヘソの緒とおメダイが入った青缶、預金通帳の類を取り出した。

「それから……っと」

片づけの途中で阿紗がローテーブルの上に置いておいた財布と老眼鏡とリモコンとらくらくホンとＭＩＬＤ ＳＥＶＥＮ1カートンを八重の前に置いた。

「これを八重さんが取り出しやすい配置で一段目の引き出しに置いてください。絵でも描くつもりできれいに並べてください」

「これだけ？　他のものは？」

八重は訝《いぶか》し気にこちらを見る。

「そうだ、さっき言ってた人生のテーマ曲。あのＣＤもください」

八重は温州みかんの箱からＣＤを取り、こちらに差し出した。

草原の向こうに空が見えるシンプルなジャケット。オアシスの「ＷＨＡＴＥＶＥＲ」だ。

「入れ替えたんですか、中身」

「ああ、さっきね」

「じゃあ、これもチェストに入れましょう。その他の物はまた次回。部屋の半分はまだ手つかずだから、またここに入れるものも増えるはずだし。きょうのところは、ほんとに大事な物だけ入れておきましょう」

「肝心の鍵はここに入れないのかい」

「そうです」

阿紗はミネラルウォーターの箱に目をやる。山頂付近にマグネットつきフックがある。

「これ使っていいですか」

「捨てようと思ってそっちの箱に入れたんだ、いくらでもくれてやるよ」

「それと……」

ローテーブルの上の細い黄色いリボンを取った。温州みかんの箱から鍵が入った浅田飴のチョコレート色の缶を取り蓋を開ける。鍵の穴にリボンを通す。

「ちょっとこっちに来てください」

八重と一緒に玄関に行った。鉄製のドアにマグネットフックを付け、黄色いリボンを通した鍵をかける。

「家に戻ってきたら、まずここに鍵をひっかけてください。こうしておけば、出かけるときも必ず視野に入りますから」

鍵は戻しやすい場所を定位置にする。

阿紗も引っ越してきた日にいちばんにフックをドアに付け、キーホルダーをかけた。

「そういや、あんたも似たようなことしてたね」

人の家に上がってズケズケと文句ばっかり言っていたが、観察もしていたようだ。

「ええ。こうしておくと、家を出るときも鍵がないと慌てることもないし、絶対になくならない。万が一、なくしたと思ったら、まず自分の首にかかってないかチェックしてください。それでもないときは……うちにも鍵がありますから」

「はいはい」

八重は鼻を鳴らした。だが、今回の「ふんっ」はどこか軽やかだ。

ふたりでリビングに戻った。まだ動線ができていない。足もとには物とゴミが散らばっているし、ダイニングテーブルの上にはぎっしり物がのっかっている。それでもソファとラグマットの半径一メートルの空間はスポットを当てたかのように輝いて見える。

「なかなかだね」

「目に映るものが少し違ってくるだけで、気分も変わってくるでしょ」

「たしかに」

部屋の散らかり具合は頭の中と比例する。

「部屋が片づいてくると、もやもやって頭の中で渦巻いたものが消えていくような気がしませんか」

「さぁ、どうだか」

八重は首をぐるりと回して左右に動かした。コキコキと骨が鳴る。

「でも、ま、悪くはない」

ほんの少しだけ、への字に曲がった口の端があがった。

「ソファのまわり半径一メートルは八重さんがこの部屋でいちばん長く時間を過ごす場所です。次にあたしが来るときまで――」

絶対に散らかさないでくださいと言おうとしたが、やめた。禁止事項を増やすと、プレッシャーになる。

「余計なことはしなくていいんです。ゴミが出たら、ゴミ袋へ捨てる。チェストから出した物は使い終わったら元に戻す。服を脱いだら、畳むか洗濯機へ入れる。ただそれだけ」

「はいはい。ところであんた、次はいつ来るんだい？」

「多分明日」

乗りかかった船とは、このことだ。幸か不幸か、時間はたっぷりある。何より、この不快極まる空間が片づいていくことに、自分も思った以上の喜びを感じ始めている。この風変わりな老婆に対する嫌悪感も心なしか薄らいでいる。

「遅くともあさってくらいには――」

腹がぐぅーとなった。

「さっきあんたの家へ持っていったみたらし団子、うちにもあるよ。二本ばかり食べた残りが冷蔵庫の中に入っている。あー、きょうはよく働いた。あんたもがんばったね。お礼にピザでもとってやろうか。ま、その前に休憩だ」

八重は、すっきりと片づいたローテーブルを見た。

「お茶。キッチンにストックがあるから取ってきて。あんたも飲んでいいよ」

物が散らかる中、わずかに見えるフローリング部分を敷石を踏むようにしてキッチンに向かった。

三畳ほどのキッチンスペースは食品のストックがじか置きされていた。御多分に洩れず、空のペットボトルやエプロン、片割れのスリッパなどが散らばっている。

茶色い冷蔵庫の手前に、上部がビリビリと破かれた段ボール箱が置かれている。中には500ミリリットルのペットボトルの烏龍茶が七本。干からびたニンジンときゅうり、白菜まで突っ込まれている。期待を裏切らない汚さにため息が漏れる。

キリスト教については詳しくないが、七つの大罪ぐらいは知っている。傲慢《ごうまん》、強欲、嫉妬、憤怒《ふんぬ》、色欲、暴食、そして怠惰。隣の部屋で待つ元シスター見習いは、片づけがまるでできない。そのあまりのだらしなさは怠惰の極み。それゆえ修道院をクビになったのではないか。そんな気がしてきた。

烏龍茶を二本、箱から取り出した。どこかに置きたい。だが、諦めた。シンクは鍋や食器、カップラーメンの空容器で埋まっている。小脇に二本抱え、冷蔵庫を開けた。

ひどい。いくらなんでも物が詰まりすぎ……そう思う間もなかった。

正面の棚にはみ出すようにのっけてあったみたらし団子が箱ごと落ちてきた。

〈落としたトーストがバターを塗った面を下にして落下する確率はカーペットの値段に比例する〉

マーフィーの法則が頭をよぎった。

この家の冷蔵庫のいちばん手前のものは、ドアを開けた瞬間、100%の確率で落下し、床に散らばる。

「あ〜あ、勿体ない」

八重が無惨につぶれた団子と飛び散ったタレを見てため息をついた。

たった数秒扉を開けただけなのに、鼻の奥に異臭が残っている。

この家の片づけは、まだ始まったばかりだ。

4

八重はチャコールグレーのすとんとしたワンピースを着ている。昨日着ていたカーディガンとワンピースは畳んでソファ脇のAmazonの箱に入れられている。ローテーブルにはリモコンと灰皿と湯飲みがふたつ。それ以外は何もない。

リビング全体を見れば、相変わらず物が散乱している。だが、八重がソファを背にして座る半径一メートルの空間はきれいに保たれている。昨夜、この家を出てから十七時間あまり。とりあえず、一晩はもった。ほっとしつつも、昔の記憶が「THE END OF THE WORLD」のメロディと共に蘇ってくる。

英語の意味もわからないのにそのメロディが、哀しげな歌声が心に沁みた。失恋の歌だと知ったのは、大人になってからだ。おおいなる永遠の愛を求める歌……。もしかして、八重はあの頃の自分と同じ悲しみを抱えているのか。

いや、考えすぎだ。

目の前にいるのは、ただの変わり者でしかない。

「きょうは、八重さんが今座っている以外の場所にある物を仕分けしてください。そこのダイニングテーブルの上に置かれた物。あとはテレビまわり、床……。目標は部屋の四隅をすっきりさせ、動線をつくることです」

「この部屋にある余計なものを全部片づけろってことかい？」

八重がため息まじりに、阿紗の淹れた茶を啜《すす》った。

「そうです。部屋の四隅がすっきりすると、見た目もきれいだし、掃除もぐんとしやすくなります。新しい箱とポリ袋は用意したので、昨日と同じ要領で」

ソファの脇に置いてある温州みかんの箱を指さした。

「まだ空きがあるので、昨日に引き続きそっちは必要なもの。で、こっちのパンパースの段ボール箱には不用品を入れてください」

「それ、あたしひとりでやるわけ？」

「時間はたっぷりあるので、ゆっくりご自分のペースでやってください。あたしは――」

　これから冷蔵庫の掃除だ。昨日、みたらし団子が落ちてきた。あまりの汚さと異臭に疲れがどっと押し寄せてきて、再度ドアを開けることなく引き上げた。

　でも、「食べ物一割、生ゴミ九割」。あの惨状を見てしまったら、あとには引けない。つくづく損な性格だなと思うが、乗りかかった船だ。きれいに片をつけようと思う。

「冷蔵庫の前の床をきれいにしたら、庫内の掃除をします。要領はチェストと同じ。まず中身の整理。最初は大変だから、あたしがやります。八重さん、今の状態じゃ、どこに何が入っているか、わからないでしょ」

「いや、そうでもない。少なくとも手前に何が入っているかは把握してるよ」

「でも、昨日みたいに食べ物が落ちてくる」

「まぁ、たまにはね」

　い、たまにではない。昨夜、床に飛び散ったみたらし団子のタレを拭きとっていると、コンテンポラリーアートよろしく素材不明の飛沫が無数にあった。

「冷蔵庫の中のものは多くても七割ぐらいにしないと。ぱんぱんにすると、冷気の循環が滞る。庫内の温度があがって細菌が増えるんです。それに余計に電気代がかかっちゃいますよ」

八重はテーブルに肘をついた。

「あんたって人は、若いけど随分、細かいこと言うんだね」

「若いことと細かいことって、別に相関関係がないと思うんですけど」

八重は肩を上げた。

「だから、そういうところが細かいんだよ。若い人間ってのは、もっとおおらかなもんだろう」

「別に若くも細かくもありません。わりとフツーのこと言っています」

ああ言えば、こう言う。八重に文句を言わせないように、早口で言葉を継いだ。

「冷蔵庫の使い方についてはまたあとで。さっきも言ったけど、八重さんはご自分のペースで、やりやすいところから片づけを始めてください」

「はいはい、わかりましたよ」

八重はズズッと音を立て残った茶を啜った。

これはどうしたもんか。

あれ、こんなの持ってたかね?

いったいいつ買ったんだか。

しわがれ声の独り言が聞こえてくる。

服に帽子に食べかけの菓子にケースから出されたままの何枚ものCD、本、雑誌、スポーツ新聞……。ダイニングテーブルの上に秩序なく積まれた物を前に、八重は仕分けを始めている。

リビングのすぐ脇のキッチンで冷蔵庫の前に散らばる物を片づけ終えた阿紗は深呼吸した。これから、きょうのメインイベントが始まる。スウェットパンツのポケットから個装されたマスクを取り出し、装着した。

独り暮らしにしては大きめの茶色い冷蔵庫。

昨日、みたらし団子の襲撃を受けてから一晩が経った。八重のことだ。また新たな刺客を詰め込んでいるかもしれない。

八重がいつからこのマンションに住んでいるのか知らない。五年でも十年でも、とにかくここに来てから冷蔵庫の掃除を一度もしたことがなさそうだ。

ぐにゃりとラップをかけた茶碗、缶詰、ぐちゃぐちゃに丸められたレジ袋に入った何か、飲みかけのペットボトル、しなびた白菜の残骸、さらにしなびたミカン、ご飯の友の瓶の山、すだれのようにビニールパッケージが垂れ下がった納豆……。時間にすれば、ほんの数秒だったが、あの混沌が目に焼き付いて離れない。

重曹スプレーで庫内の掃除をする前に、まずはここに詰め込まれている食品とそのなれの果てを外に取り出し、仕分けする。

おそらく大半は賞味期限切れだろう。ドアを開けた瞬間の異臭が蘇ってくる。奥には液状化した野菜、カビが生えた肉や乳製品も詰まっているに違いない。これらはすべて廃棄。食品ロスになるのは心苦しいが、この家の冷蔵庫を再生させるためには、大量の廃棄は避けては通れない。

家から持ってきた大容量の保冷バッグとポリ袋を冷蔵庫の前で広げた。細かい仕分けはあとだ。食べられる物と食べられない物をまず分ける。

何が落ちてきてもキャッチできるようにゆっくりとドアを開けた。

だが、間に合わなかった。

案の定、パサッとフリーザーバッグに入った肉が落ちてきた。

八重の朝ご飯の残りか。

足もとを見た。

ひっ……。

ひぇっ……。

叫びたいのに、しゃっくりの始まりみたいな音しか出ない。

フリーザーバッグの中の肉がピンク色すぎる。

ホルモンか何か？

違う。

小さな頭としっぽがある。

全身に鳥肌が立つ。

ネズミ。まだ毛も生えていない。

もう一度、視線を落とす。

生まれたばかりのネズミがそのまま。五センチくらいのがいっぱい……。

これが八重の朝食か。

その場にへたりこんだ。尻のあたりにベチャリと正体不明の液体がつき、慌てて腰を上げた。

「八重さん……ちょっと」

かすれた声しか出ない。八重は段ボール箱の前に座り、鼻歌まじりで仕分けをしている。

「八重さん！」

マスクを取り、腹に力を入れて、魔女の名を叫んだ。

「どうしたんだい？　でかい声出して」

「これ、なんですか？」

震える手でフリーザーバッグを指さした。

「は？」

「これ……。冷蔵庫のいちばん手前にあった。落ちてきました」

よっこいしょと声に出し、腰を上げた八重がこちらに来た。

「ああ。見ての通り、ネズミだよ。ピンクマウス」

けろりと言う。

「これ食べるんですか」

「当たり前だろ、食べるからわざわざ解凍したんだ」

やはりこの女は魔女だった。

「どうやって？」

唇まで震えてくる。

「そのまま」

「そのまま……って」

「なんだい、その顔？　文句あるかい？　ネズミってのはね、ナマがいちばん美味いんだよ。特にこういうちっちゃいのは。コリコリっとした食感が最高でね」

八重は落ちていたネズミ入りフリーザーバッグを拾って、床に置いてある保冷バッグとポリ袋を見た。

「これはもちろんこっち」

保冷バッグの中に入れながら言った。

「ヨハネの生きる糧だからね。これがなくちゃ、飢えちまう」

「ヨハネ?」

あの聖人の? このネズミはヨハネへのお供えなのか? だけど、ヨハネはどこに? 寝室に祭壇でもあるのか。それとも見えないものが見えるのか。認知症による幻視なのか。

「隠れキリシタンみたいにね、当て字もあるんだ。世の中の羽根と書いて世羽根。いい名だろ」

「その聖人がネズミを食べるんですか」

「は?」

八重が小首を傾げてこちらをのぞき込む。

「何言ってんの、あんた? ヨハネは鳥だよ、鳥」

「鳥ってどこに?」

「あれ、言わなかったかい? 飼ってるって」

「言わないも何も、あたしたち昨日初めて喋ったんですよ。この家の中に鳥がいるなんて——」

八重は横目でこちらを見た。

「そんな興奮することないだろ。ここはペットＯＫの物件だ。鳥ぐらいいるわな」

腕をだらりと下げたまま、やる気のない手招きをした。

「そんなにギャーギャー騒ぐなら、紹介してやるよ。こっち」

短い廊下の先——寝室と思われる部屋に移動した。

八重がドアを開ける。

リビングや冷蔵庫内を上回る混沌が待っている。そう思って、話題にするのも避けてきた場所だ。

だが、部屋はきれいに片づいている、とは言い難いが、少なくとも散らかってはいない。長方形の辺が長いほうの壁にそって置かれたシングルベッド、壁側に置かれたチェスト以外は備え付けのクローゼットがあるだけ。

鳥かごが見当たらない。

「ヨハネは？」

八重は部屋の隅を指さした。指は天井を向いている。

「あそこ」

窓の脇の止まり木スタンドにフクロウがつながれている。

これがヨハネ。

フクロウカフェなるものがあるとは聞いたことがあるが、行ったことはない。大昔、動物園で白フクロウを見たような気もするが、柵の向こうでびくともしないので前を素通りした。こんな間近で見るのは初めてだ。

イメージしていたフクロウと違って、随分と小さい。体長二十センチくらいか。置物のように動かない。こんな小さな身体で思い出すだにおぞましいあのピンクのネズミを食べるのか。

「コノハズクって種類なんだ。ほら、羽根が木の葉みたいな模様だろう」

フクロウの話をしているときの八重の声は子供たちといるときと似ている。

「ヨハネ、隣に住んでいるアサさんだよ。これからちょくちょくこの家に来る。無愛想だが、悪い人間じゃない。怖がるこたぁないよ」

虚空を見つめていたヨハネがゆっくりと首を傾けた。黒真珠みたいな目がこちらを見つめる。

「あ、あの……よろしく」

はからずも挨拶してしまった。ヨハネはまた顔を上げ置物と化した。

「鳴かないんですね」

「雉《きじ》も鳴かずば撃たれまい……てね。ヨハネは雉よりも、下手すると人間よりも数段賢い。たまーに、ホホホホホホホって小声で笑うみたいに鳴くだけ。無駄口は叩かない。そこが気に入ってる。たまに、あたしが寝つけなくて寝返りをうっていると、ホーホーホーホーって子守唄みたいに歌ってくれる。夜行性だから、夜通し見守ってくれるんだ」

ヨハネを仰ぎ見た。もう目を合わせようともしない。

「あんたはもの知らずだから、知らないだろうけど、フクロウは不苦労とか福来ろうっていうくらいで、幸せのシンボルなんだ。アイヌ民族の間じゃ太陽の次にエラい神だって崇められてたんだよ」

八重はベッドに腰を下ろした。

「ここだけの話、あたしもイエズス・キリストより、このヨハネを崇めている。あたしの大事な相棒にして、この家の守り神さ」

「一日中ここにいるんですか」

「ああ、たまに夜の散歩に出かける以外はね。ヒナの頃からここで育てた。別にイエズスにあやかったわけじゃないけど、三年前のクリスマスから飼い始めた。それからずっとここがヨハネの世界だ。な、ヨハネ」

八重は止まり木の上のヨハネを見上げ、相槌を求める。

それに応えてヨハネは「ホホホホー」と鳴く……わけではない。首ひとつ動かさない。

「この部屋だけ散らかさないようにしている。ひと様のテリトリーは侵さない。昔からそういう主義でね――」

今の今まで、八重は母と同じ、片づけられない人間なのだと思っていた。

たしかに、片づけは得意ではない。だらっとシワがよったままになっている布団カバー。チェストの上に乱雑に置かれた本、クローゼットの扉の隙間からは衣類が少しはみ出ている。それでも、自分以外の誰か――ヨハネのためなら、八重なりに居心地のいい空間を作ろうとしていることは伝わってくる。

母は違った。何よりも、自分と愛人が過ごす空間が大事だった。片づけかたがわからず、阿紗のテリトリーである子供部屋に次々と不用品を投げ込んだ。気持ちの整理も苦手で、何かままならないことがあると、阿紗に当たり散らした。

「何ボケーッとしてんのさ。人の話、聞いてる？」

「あ、はい」

「フクロウの寿命は十五年なんだよ。ヨハネは生まれて三年だからね。あと十二年。干支ひとまわりぐらいは元気なはずだ。死期が近づいてきたら、森にでも返してやりたいって思うが、自然界を知らないヨハネはこの部屋で天寿を全うするほうがいいのかもしれない。迷いどころだね。ま、どっちにしろ、ヨハネが天に召される頃、あたしもちょうどこの世とオサラバだ」

八重にとってヨハネは終活のパートナーなのだろう。

「あんたもフクロウを飼うといい。相棒が家にいるのはいいもんだ」

「そうですね、そのうち。余裕ができたら……」

止まり木の上のヨハネを見た。大きな黒い瞳はなかなかかわいい。だが、鋭く尖った嘴と爪は、紛れもない猛禽《もうきん》類のものだ。

「いや、無理ですね、あたしには。だって餌が――」

スウェットパンツのポケットの中でスマホが震えた。

なんだろう。

取り出して画面を見た。

「あっ、売れました、八重さんのボールペンが」

「売れたってどこで?」

「『フリフェス』っていうフリマサイトです」

昨日の夜、八重の家から持ち帰った大量のボールペンを小分けにして、出品しておいた。同じ種類のボールペンが六本あったので、600円。中古品と明記していたが、すぐに「いいね」がふたつついた。

「あんなもんがそんなに簡単に売れるのかい？」

「ええ、あのボールペン、書きやすくてクセになるっていう人気の品でコアなファンが多いんです。正確にはまだ売れたわけじゃないんです。あたしが発送して、向こうから受け取り通知が来てお互いの評価が終わったところで取引完了。事務局からの入金はその後です。他にも似たボールペンを集めて、いくつか出品していますから。また売れるかもしれませんよ」

「ふーん、捨てる神あれば拾う神ありだねぇ」

「そうなんですよ。いらないと思った物でも、どこかで誰かが必要としている。そうしてその人がちゃんと使ってくれる。そうやって物のいのちをつないでいくほうが、捨てるより気持ちが楽ですよね。だから、家で死蔵しているくらいなら売ったほうが――」

「はいはい、わかりましたよ」

よっこいしょと言って、八重はベッドからゆっくり腰を上げた。

「じゃ、また仕分けでもして金目の物見つけるか。ヨハネ、またあとで」

八重と一緒にヨハネの部屋を後にした。

「そういやさ」

短い廊下を歩きながら八重が言った。

「冷凍庫の中は見たかい？」

「いえ、まだです。なんたって冷蔵庫を開けたらすぐ、ネズミが落ちてきたんで」

「ヨハネのいちばんの好物はピンクマウスだけどさ、ウズラのヒナも好きなんだ。で、その次がヒヨコ」

八重はにやりと笑った。

「鳥肌が立ったかい？　どれも冷凍庫でカチンカチンに凍らせてあるよ。だけど、ヨハネの大事な餌なんだ。見つけてもギャーギャー騒がないように」

「わかりました」

もう何が落ちてきても、出てきても驚かない。ウズラもヒヨコも……聞いただけで気が滅入るが。

リビングに戻った。

さっきは動転して気づかなかった。ダイニングテーブルとそのまわりが少しだけ、片づいている。テーブルクロスのように覆いかぶさっていたストールやコートはざっくりではあるが、畳まれ、Ａｍａｚｏｎの箱の中に入っている。

「あれ、この脚」

よく見ると、ダイニングテーブルの鉄脚に意匠がこらされている。

「このペダルと横の車みたいのは……」

「もとはミシンだったんだよ」

　さして思い入れもなさそうに八重は言う。

「ミシン？　あーあ、言われてみれば、そうか、なんか見覚えあると思ったら、この脚、ミシンのだ」

　のぞき込むと、両脚を結ぶ中央に『SINGER』というロゴが入っている。

「シンガーミシンって聞いたことあります。あれをリメイクしたんですか」

「リメイク？　ふんっ、そんな洒落たもんでもないが」

「洒落てますよ。でも」

「でも、なんだい？」

「この脚が見えないくらい物を置いていたってことは、これまでテーブルとしてほとんど使ってなかったってことですよね」

　八重は首を横に振った。

「使ってたよ、物置きとして」

「それじゃ役割が違います。ダイニングテーブルは食べるときに使うもの。物置きじゃありません。あの、よければこれも売ったらどうですか」

　洒落たテーブルではあるが、この部屋にはローテーブルもある。独り暮らしのリビングにテーブルはふたついらない。

「こんな大きな物が売れるのかい」

「ええ、こんなに洒落たテーブルなら欲しい人、たくさんいると思います。ボールペンよりも売れる確率は高いんじゃないかな。これだと送料が高くなるから、直接車で取りに来てくれる人限定で。あたしもここに引っ越してくる前、ダイニングテーブルを売ったことがあるんですよ」

八重は薄い唇をへの字に曲げた。

「なんでもかんでも売らなくても、あたしは金に困ってるわけじゃない」

「お金欲しさで売るんじゃなくて。さっき、寝室はヨハネのテリトリーだって言ってたでしょ。だったら、この部屋は八重さんの大事なテリトリーです。もっと広く使えるように空間を作っていくほうがいいと思って」

八重は魔女鼻の先を掻きながら言った。

「まぁ、手狭ではあるが。ちょっと片づけただけじゃ、あんたの家と同じ広さとは思えない」

「ほんとは狭くないんです。十畳ありますから。ただ使い方で狭く感じるだけ。大きな家具がひとつなくなると、すごく広がりを感じますよ」

「うーん、どうしたもんか、考えるよ」

仕分けの続きをするのかと思ったが、八重は半径一メートルの聖域に行き、ソファに腰を下ろした。

「お茶」

「え？」

「ペットボトルじゃない茶が飲みたい。あんたが淹れた茶がいい。やっぱり茶は他人に淹れてもらうに限るね。飲みながら、売るべきか売らざるべきか。考えてみるよ」

「わかりました」

キッチンに足を踏み入れた。

あのネズミが入っている保冷バッグに目がいく。これはヨハネの生きる糧……。

阿紗は首を横に振った。

冷蔵庫に背を向け、まだ物が散乱するシンクで湯を沸かした。


冷蔵庫の上段の奥にジャムの瓶がふたつある。片手で両方とも取り出す。イチゴジャムとマーマレード。蓋を取り外すまでもなく、上部にミント色のカビが生えている。ラベルを見ると、どちらも四年前の十月が賞味期限だった。きょう、数十回目の食品ロス。阿紗は二瓶ともポリ袋の中に入れた。これで二枚目のポリ袋が満杯になった。

一時間かけて、ようやく冷蔵庫の中は空になった。上段、中段、下段。いずれの棚もシミや食べかすがこびりついている。ジャムや肉汁、タレ、液状化した野菜にフルーツジュース……。その他、もはや何由来なのかわからない汚れをすべて洗い落とし、重曹スプレーで拭かなければならない。

だが、その前に。

キッチンの先にいる八重を呼んだ。

「なんだい？」

だるそうに腰を上げ、八重がこちらに来た。

「冷蔵庫を空にしました。このあと、庫内の掃除をしますけど、一段落ついたところで、扉の掃除をしようかと思って」

阿紗は冷蔵庫の扉に重曹スプレーをかけながら言った。

「冷蔵庫の扉は開け閉めするときに手垢や指紋がたくさんつくからすごく汚れるんです。だから気がついたときにこうやって磨くんです」

固く絞ったふきんで扉を拭いていく。

「ワイパーみたいに左右に拭くんじゃなくて、こんな感じで一定方向に拭くほうが汚れが落ちやすいんですよ」

八重は黙って、阿紗の手もとを見つめている。

「大事なのはから拭き。スプレーをかけてざっと汚れを拭き取っただけだと、重曹が乾いて白浮きしたり、水滴が残ったりするんで、しっかりと。きっちりとから拭きすれば、ピカピカになります。ほら、こんな感じで」

扉の上半分をから拭き用のマイクロファイバーで磨いた。どんよりと淀んでいた冷蔵庫の扉に輝きが戻ってきた。

「へえー。きれいになるもんだね」

「八重さんもやってみます？」

右手を差し出されたので、マイクロファイバーを渡した。

八重はゆっくりと腕を動かした。端っこに拭きムラが薄く残っている。もう一度同じところを拭く。汚れがとれ、扉が光る。

横顔がかすかに笑っている。

「冷蔵庫って磨けばピッカピカになるんだね」

八重は腕を動かし続ける。手垢と指紋と素材不明の汚れで覆われていた扉に、ふたりのシルエットが映し出された。

「おお、ますます光ってきた。鏡みたいだ。顔まで光って見える」

冷蔵庫に映る八重の口もとが緩んでいる。

「こういうふうに一ヶ所でも輝きだすと、掃除が楽しくなりませんか？」

「ああ、悪くはないね。仕分けより楽しい」

「あとでシンクも一緒に磨きませんか。キッチンに光が戻ると気持ちいいですよ。ところで八重さん、おなか空きません？　夕ご飯、作りましょうか」

「どういう風の吹きまわしだい？」

「別に何も吹きまわしたりしていませんよ。ただこれが冷蔵庫の中にあったから」

仕分けの途中でシンクの上に出しておいた塩鮭のパックをかかげて見せた。

「ああ、それ。そろそろ食べなきゃだね」

賞味期限はすでに二日過ぎている。だが、その程度なら問題はない。塩昆布に米、料理酒、醬油。冷蔵庫に入っていた材料を使って鮭の炊き込みご飯ができる。切り口に無造作にラップをかけられていたジャガイモとフリーズドライかと見まごう状態まで干からびた長ネギを使いきれば味噌汁もできる。

「食べられる物は、さっさと食べちゃわないと。夕ご飯のあと、食べられる物を元に戻します。今後数日は買い物に行かず、それを食べきってください。なくなったら買う。そして食べきる。それを繰り返していれば、冷蔵庫の中もずっときれいな状態です」

必要な物だけをその都度、買い足すことを八重が習慣化してくれれば、週に一度の簡単な拭き掃除で庫内は清潔に保てる。

「はいはい、わかりましたよ」

八重は鼻を鳴らした。

「『はい』は一回。あ、それから開けてない缶詰は冷蔵庫に入れないで。常温保存で大丈夫ですから」

「はいはい」

だから、「はい」は一回と繰り返そうとしたが、やめた。

八重は冷蔵庫に顔をくっつけ、ドアを磨き続けている。

食器が山積みになった水切りかごの中からボウルを見つけ、米を洗う。シャカシャカと研いで、きれいな水に浸す。自分以外の誰かのためにご飯を作るのなんて、何年ぶりだろう。ふたりで食べる食事は悪くない。相手が口やかましい八重だとしても。そう思ってしまう自分に阿紗は少し驚いている。

5

雲間から一筋の澄んだ光が射してきた。

この街は国道15号に沿って、三～五メートルおきにイチョウの木が植えられている。十月の声を聞いて久しいが多くの木の葉はまだ青々としている。

そんな中、やたらとせっかちな木もある。阿紗は歩を進めながら、目の前の半分以上、黄葉している木を眺めた。縦にひび割れたような木肌を見ていると、ヨハネが浮かんでくる。コノハズク。羽根は木の葉のようで胸のあたりにはイチョウの木肌のように毛が生えていた。今頃、またネズミの朝食を食べているのだろうか。

大きく息を吐いた。ネズミが頭をよぎったからではない。両手がしびれるように重いからだ。そろそろ限界に近づいてきた。阿紗は立ち止まった。すぐ脇を車が通り過ぎていく。右手に抱えていた2×4《ツーバイフォー》材の底をそっと地面につける。百八十センチのものが二本。九十センチが三本。それぞれ梱包用ラップで巻かれている。左手に持ったふたつの紙袋もいったん地面に置いた。持ち手の紐が食い込んで指が赤くなっている。

八重と知り合い、二週間が過ぎようとしている。部屋がまるごとゴミ箱状態だったリビングの片づけも第一段階が終わりつつある。そこで収納棚をＤＩＹで作ろうと思い立った。

２×４の木材二本の上下にネジ付きアジャスターを取りつけ、床と天井に突っ張らせる。二本の木材の間に板をはしご状につければ、壁を傷つけず棚ができる。昨晩、ＤＩＹで棚を作る動画を何本も見て、設計図と買い物リストを作った。朝イチで隣駅にあるホームセンター、Tマートまで行き、品選びをしたまではよかった。これぐらいなら楽勝で持ち帰れるはずだった。

だが、甘かった。店を出て五十歩も歩かないうちに地面に引っ張られるような重さを感じ始めた。JRの改札に入り、エスカレーターを上がり電車に乗り、駅に着き、またエスカレーターを……繰り返すうちに手がとてつもなくだるくなってきた。もはや右手の感覚がなくなりつつある。駅から家まで徒歩七分の道のりが果てしなく遠い。

なぜ自分はこんな辛い思いをしているのだろう。

肩で大きく息を吐き、前を見つめる。

マンションまでイチョウの木、あと四本。もう少しだ。そう言い聞かせて、踏み出した。

「あの……」

背中で男の声がした。

「すみません」

くたびれたダッフルコートを着た四十女にナンパ……なはずはない。人がこんなに辛い思いをしているときに道でも聞くつもりなのか。この両手の荷物が見えないのだろうか。不快感を頬に漂わせて振り向いた。

「それ、持ちましょうか」

背が高い男だった。年の頃は三十代半ば。自分よりは確実に若い。

「え？」

一重の大きな瞳が阿紗の右手に抱きかかえられている2×4材を見る。

「あのよければ、その荷物、運ぶの、お手伝いしますよ」

高身長、涼しげな目もと。クルーネックのニットにジーパン、アディダスのスタンスミス。はっきり言って、好みの外見だった。

だが、喜びよりも疑念が先に立つ。こんないい男が自分に親切なはずがない。きっと宗教の勧誘か何か。裏があるはずだ。

「いえ、結構です。ひとりで運べます」

「あの、ロイヤルグレースの方ですよね」

男は阿紗の住むマンション名を口にした。

「僕も同じマンションなんです。701号室の佐々木と申します。前に何度かお見かけしたことがあるんで」

知らなかった。こんな人が下に住んでいたなんて。

「ご親切に、どうも。でも、ひとりで持てますから」

一礼して歩き出した。

「待ってください。お手伝いしますよ。いくらなんでも、そんな華奢《きゃしゃ》な身体でその荷物は重すぎる。捨て置けません」

阿紗は足を止めた。

「ほんとうにいいんですか」

佐々木と名乗る男は右手を差し出した。

自分でも驚くほど素直に長いほうの2×4材を渡した。

腕よりも心が軽くなる。

「そっちも大変でしょう。ひとつ貸してください」

佐々木の目が阿紗の左手を見る。

「ありが、とうございます」

持ち手が指に食い込んでいた紙袋をひとつだけ渡す。

「じゃあ、行きましょう」

心地よい風が吹いてくる。イチョウの葉が揺れる。ふわりと舞ってきた黄金色の葉が一枚、足もとで踊っている。この秋、初めて見る落ち葉。

「Tマートに行ってきたんですか」

佐々木は受け取った紙袋を横目で見た。

「あ、はい。ついあれこれ買いこんじゃって」

「ＤＩＹやるんですか」

「初心者ですけど、なんか面白そうだなと思って」

「好きなんですよ……」

突然の言葉に息が詰まりそうになった。

「僕もＤＩＹが」

そうだ。ＤＩＹの話をしていたのだ。ただの世間話だ。だが、胸の鼓動がおさまらない。

「Ｔマートによく行くんですよ。あそこは都心のホームセンターにしては品揃えがいいし。先週も有孔《ゆうこう》ボードを買いに行ったばかりです」

「有孔ボードって？」

「細かい穴が等間隔でたくさん空いた合板です。穴にフックをかければ、いろんなものが吊るせて。玄関まわりにつけようかと思って」

あの板のことを言っているのだ。頭の中で昨日見たＤＩＹの動画を再生した。便利そうだなと思ったが、まずはシンプルな棚を作ろうと思い、今回は買うのを見送った。

「そうなんですか」

こういうときに、可愛らしく相槌が打てたら、と思う。口をついて出てくるのはあまりにそっけない言葉だ。

〈それ、すっごく便利そうですね。あたしも欲しいです。今度、買いに行くとき、つきあってくれませんか〉

心の中で呟いてみる。

マンションまでのイチョウの木はあと一本になった。

何か話したい。でも、何を話したらいいのかわからない。少し煤けたスニーカーの足もとばかり見ている。

こんな出会い、多分、この先、自分の人生で二度と起こらない。逃したくないのに、会話ひとつ膨らませることもできない。

佐々木も口をつぐんだままだ。

「着きましたね」

ようやく喋ってくれた。

「はい」

また途切れた。

頭の中が白くなっていく。

ふたりでエントランスをくぐり、エレベーターホールを抜けた。こんなときに限って、エレベーターは一階で人待ち状態だ。佐々木は△のボタンを押し、阿紗に先に入るように促した。2×4材を胸に抱くようにして、中に入り、〈開〉ボタンを押した。「ありがとう」とほほ笑んで、佐々木が入ってくる。

阿紗はすばやく7と8を押した。エレベーターが動きだしたところで、佐々木は7を二度押す。点灯したランプが消えた。

「ひとりでエレベーターを降りて、また運ぶのも大変でしょう。お部屋の前まで持っていきますよ」

やけに馴れ馴れしい。

「いえ、大丈夫です」

もう一度、7を押そうとしたが、佐々木は首を横に振った。

「そんなに警戒しないでください。家に入ったりしませんから」

佐々木はくすりと笑った。指で押したみたいなえくぼができた。

「ありがとうございます、ほんとうに」

これは馴れ馴れしさでなく優しさだ。

エレベーターが上がっていく。いつもは狭いと思うこの箱が今は少しありがたい。息もかかるほどの空間にふたりきり。胸の高鳴りが聞こえなければいいが。
4、5、6……。次に話す言葉が見つからないまま、数字は増えていき、8で止まった。

ドアが開く。佐々木に促され、阿紗が先に出た。

「右？　左？」

佐々木が首を傾げる。

「右に曲がった突き当たりです」

「じゃあ、部屋の前まで」

「はい」

会話する間もなく部屋の前に着いた。内廊下がもっと長ければよいのに。心底そう思った。佐々木は持っていた２×４材をドアの横に立てかけ、袋を置いた。

阿紗もいったん荷物を置いた。

「ありがとうございました」

深く頭を下げると、佐々木は手を横に振った。

「いや、たいしたことは何も」

「あの、８０５号室の夏野と申します」

言いながら、表札を見ればわかることだと気がついた。

「ほんとうに助かりました」

佐々木は笑顔で頷いた。えくぼができるのは右の頬だけだとわかった。

「じゃあ、また」

軽く手を上げると、踵を返した。

大きな背中が瞬く間に遠ざかっていく。

阿紗はドアの前に立って、後ろ姿を見送った。

何年も心の奥底に沈めていた、もう二度と浮かび上がることがないと思っていた感情が、重い蓋を押しのけ溢れ出す。苦いけど甘い、あの感じ……。

捨て置けない
イチョウの木の前で佐々木が言った言葉を舌の上でキャンディでも転がすかのように反芻する。

捨て置けない
なんて優しい言葉だろう。

「あんたって子はホントにかわいげがない。そんなんじゃ誰も護《まも》ってくれない。母親のあたしですらうんざりするもの」

母はいつも毒づき、育児も投げやりだった。

「おまえは強い。大丈夫、だから俺なんかいなくてもひとりでちゃんとやっていけるよ」

前につきあっていた男はそう言って他の女のもとへ逃げた。

「阿紗ってさ、どんだけ仲良くなっても最後のところで心を開いてくんない。一緒にいても虚しいんだよね」

母が亡くなったことも、会社を辞めることも黙っていたのがバレたとき、親友は去っていった。

自分の人生はこれまで見捨てられることの連続だった。

かわいげがない、強い、心を開かない……。自分ではそんなつもりはなかった。どのように振る舞えば、相手が満足してくれるのかわからなかった。わからないまま人は去っていく。仕方ないと思った。追ったところでまた捨てられる。だったらひとりでいい。そのほうが傷つかなくていい。

でも。

捨て置けない
佐々木はそう言ってくれた。このひと言だけで、きっと五年は生きていける。

捨て置け……

もう一度心の中で再生しようとしたら、突然ドアが開いた。

「何してんのさ、そんなとこで？」

斜視気味の目がこちらの顔をのぞき込む。

「ちょっと荷物が重たくて、休んでたところです。……八重さんこそどうしたんですか？」

「どうしたもこうしたも」

八重の肩にはちょこんとヨハネが乗っていた。魔女とフクロウ。もはやハリー・ポッターの世界だ。

「あんた十時半には来るって言ってたろ、もう十分も遅れてる。ずっと待ってたんだよ」

そうだった。

舞い上がりすぎて八重との約束をすっかり忘れていた。

「遅いなあと思ってたら、ヨハネがホホホって鳴くんだ。この人は耳もいいうえに勘もいい。異変を感じたときは教えてくれるんだよ。何かがあったのかと思ってドアを開けたら、あんたが魂抜けたみたいにぼーっと突っ立ってて。ったく、驚くじゃないか」

半月前、阿紗の部屋の前で蹲《うずくま》っていたことなど、忘れたかのように八重はこちらを睨みつける。

「すみません、待たせちゃって。思っていたより荷物が多くなって……」

八重はドアに立てかけてある2×4材を見た。

「またデカい木買ってきたねぇ。まあ、いいや。ほら、ドア押さえといてやるから、早くお入り」

「どうも……」

ここにも自分のことを少し気にかけてくれる人とその相棒がいる。

玄関の壁に買ってきた木材を立てかけてから、阿紗はリビングに向かった。

八重はヨハネをテリトリーである寝室に戻しにいった。

ドアの前に立って、改めて思う。

ベランダからこの部屋に侵入した半月前とはまるで違う。掃除をするときもマスクはいらなくなった。

ダイニングテーブルとローテーブル。ふたつのテーブルの上はすっきりと片づいている。床を埋め尽くしていたガラクタもペットボトルも消え、部屋の四隅はすっきり空いている。

ソファの上でキャベツの葉のように幾重にも重なっていた服はすべて洗濯され、仮置き場の段ボールの箱に収められている。籐のチェストに入りきらない小物や雑貨の類も同様に仕分けられている。

そこかしこに散らばっていた物は収まるべきところに収まり、けもの道は消えた。
四、五日前から、八重は仕分けした物を入れるための新しい収納庫を欲しがっていた。

だが、阿紗は反対した。

扉で隠せる空間に次々と物をしまっていたら、早晩カオス化する。それよりも見せる収納にして、必要な物をいつでも取り出せるようにしたほうがいい。そう思って、２×４材の棚を作ることにした。

そういえば……。さっき、佐々木が言っていた有孔ボード。細かな穴が空いたあのボードをこれから作る板に取りつけると、帽子やエコバッグ、ドライフラワーなど小物の収納に便利だ。近々、Ｔマートに買いに行ってもいいかもしれない。せっかくなら一週間後の同じ時間帯にしよう。また佐々木に会えそうな気がする。

「気味悪いねぇ、何、ニヤついてるんだい？」

八重が音もたてずに後ろからやって来た。

「別にニヤついてなんかいませんよ。この梁《はり》の下に棚を作れば、視覚的にすっきりするなと思って」

「ふーん。そういうもんかね」

八重はダイニングテーブルの前に腰を下ろした。

「どうだい、昨日ヒマだったから、また少し整理したんだよ」

「ええ、段ボール箱の中の不用品がまた増えてますね。あっ、そうだ」

阿紗は斜めがけにしていたバッグから封筒を取り出した。中には１３００円入っている。

「この前、『フリフェス』で売れたボールペンの売り上げ金をおろしてきました」

「そうかい。売れ行き好調だね。そこに入れといて」

籐のチェストの上に置いてあるフクロウの貯金箱に売り上げ金を入れた。

「そういえば、ゆうべ遅くにスヌーピーも売れましたよ」

「へぇ、あの小汚いのが？　世の中にはもの好きもいるもんだね」

八重は顎を撫でながら、さも感心したように頷いた。

ここ数日、このリビングから発掘されたいくつかの品をフリマサイト「フリフェス」に出品した。だが、不用品か否かをわける八重の選別の基準がいまひとつつかめない。部屋の隅で帽子かけの役割を果たしていた一メートル近いスヌーピーのぬいぐるみも、思い入れがあるのかと思いきや、あっさり「いらないから、売って」と言われた。ソファの上でキャベツの葉と化していたハイブランドのニットやカーディガンもすべて「いらない」。

そうかと思えば、ダイニングテーブルの下で長らくとぐろを巻いていたユニクロの暖パンは「死んでも捨てるな」。訳がわからない。

「蓼《たで》食う虫も好き好きっていうじゃないですか。スヌーピーの、二度洗いしてもとれなかったあの煤けた風合いを『小汚い』ととるか、『味がある』ととるか。人それぞれなんですよね」

　自分は蓼みたいな女だと阿紗は思う。見た目は地味。いいことなんて何もない人生を送ってきたせいで口に出る言葉も苦くてしょっぱい。それでもそんな蓼を「捨て置けない」と思ってくれる人がいる。

「３５００円も出して買ってくれたんだから、スヌーピーもきっと大切にしてもらえます」

「どうでもいいよ。一度手放したものがどうなろうと、知ったこっちゃない」

　八重はグレーのワンピースのポケットからＨＯＰＥとライターを取り出した。こうやって、ときどき思い出したかのようにタバコを吸う。

　阿紗は八重の向かいに腰を下ろした。

「そういえば、このテーブル。ほんとに手放しても大丈夫ですか？」

「いくらで売るつもりかい？」

　黄色い百円ライターでタバコに火をつけながら八重が逆に聞いてきた。

「ちょっと調べてみたんです。足踏みミシンをリメイクしたテーブルって意外と出品されているんですけど、相場は2万円くらいかな。状態がいいものだと5万円なんてのもありますけど、このテーブルは……」

天板のところどころに輪ジミがある。右端の煤けた青いペンキの跡を指でこすった。取れるわけないが。

「1万9000円で売ろうかと思ってるんですけど」

「ああ、それでじゅうぶん」

八重はタバコを薄い唇の間にくわえたまま頷いた。

「じゃあ、部屋もきれいになったことだから、このテーブルの写真とっていいですか」

フリフェスに出品する物は、一時預かりにして阿紗の部屋で撮影するようにしているが、さすがにこのテーブルは重くて持ち運べない。この部屋で、自然光が入る時間帯に全体の写真と天板、傷や汚れのアップを撮っておきたかった。

ジーパンのポケットからスマホを取り出した。タバコを吸い終えたら、八重にソファへ移動してもらおうと思った。

だが、阿紗の視線はその口もとで止まった。

「八重さん、せっかくだから、このテーブルとの記念写真を撮りましょうよ」

「は?」

人さし指と中指の間にタバコをはさんだ八重がこちらを見た。

シャッターボタンを押す。

八重の無防備な表情をなぜか残したかった。

「なんだよ、いきなり。あんた、テーブルと一緒にあたしまで出品する気か？　いったいいくらで売る気なんだ？　あたしはね、写真は撮るのも撮られるのも大嫌いなんだよ。ったく、無作法な女だね」

眉根にシワを寄せて煙を吐く。

ヘビースモーカーだった母も眉根にシワを寄せタバコの煙を吐き出し、阿紗を罵倒した。

「まったくかわいげがない」

「あっち行って。あんた見てると、イライラする」

苦い煙を吹きかけられるたび、吐きそうになった。その顔もにおいも言葉も何もかもが嫌だった。

だが、八重は違う。目の前でタバコを吸われても嫌じゃない。むしろ好ましい。

その表情も苦いにおいもしょっぱい言葉さえも。

自分は蓼のような女だと思っていた。

でも、今、蓼食う虫の気持ちもわかりはじめてきた。

6

白い木目の家から鳩が飛び出してきて、チャイムがわりに午後二時を告げた。

韓国のアイドルグループのダンスを踊っていた子供たちは動きを止め、それぞれの定位置に座る。

阿紗もソファを背にしたいつもの場所に腰を下ろした。

「よろしくおねがいしますっ」

子供たちがいっせいに頭を下げる。

「はい。よろしくお願いします」

「センセイ、きょうの絵本は？」

阿紗が手帳しか持っていないことを目ざとく見つけた流香が聞いてきた。

「それが――」

まだない。

「今度の月曜日は特別ゲストとして朗読するよ」と言った八重がまだ来ていない。

いったい何をやっているのか。昨日、別れ際に「仕分けをしている途中で見つけた本を子供たちに読むんだ」と張り切っていたくせに。こんなことなら、今朝、嫌がられても時刻の確認をしておくべきだった。

「実は――」

言いかけたところで玄関のドアが開き、カチャッと内鍵を閉める音がした。

なんとか間にあった。

「きょうはセンセイのかわりに特別ゲストが絵本を読んでくれます！」

リビングのドアが開き、小脇にスケッチブックと色鉛筆を抱えた八重が入ってきた。

「うわっ」

流香がはじけるように笑った。

「チョー久しぶりぃ」

咲良は立ち上がって出迎え、元輝は手を叩いた。

「久しぶりってこたぁないだろ。この前会ったばっかだよ。みんな元気にしてたかい？」

「元輝は元気ぃ」

「元気で何より。そういや、ルカとサラ、きょうは双子みたいな恰好だね」

「そうなんだよ。思い切りかぶっちゃった」

咲良が紺と白のボーダーのレギンスを引っ張りながら言った。

「ふたりともかわいいよね」

元輝も笑顔で頷いた。

阿紗が左にずれ、八重は腰を下ろした。チャコールグレーのワンピースを着てイチョウの葉の形をした黄色いブローチをしている。子供たちに会うとき、八重はいつもより少しだけ華やいでいる。

「それがきょうの絵本?」

テーブルの上に置かれたスケッチブックと色鉛筆を見ながら、流香が首を傾げた。

「そう、絵を描く絵本」

八重は頷いた。

「ま、ライブ配信みたいなもんさ」

チョー面白そう! 子供たちが手を叩いて喜ぶ。

まったく……。阿紗は八重を横目で見た。

ここにきて、風変わりな言動を受け入れはじめた自分がいる。だが、この身勝手さは許しがたい。絵本を読みたいと言うから特別ゲストとして迎えたのに、抱えてきたのはスケッチブックと色鉛筆。いったい何を企んでいるのか。その魔女鼻を軽く睨む。八重はこちらを見ようともしない。

「いいかい? じゃあ、ライブ絵本の始まり始まりぃ」

ほどよく苦いカフェオレみたいな声が子供たちを包み込む。

むかーし　むかしのおおむかし
一羽のフクロウ、リアムが
神さまからの伝言をあずかり
大きな山々に囲まれた小さなヨハネス村にやってきました

子供たちの視線は八重の手もとに注がれる。

スケッチブックには大空を舞うフクロウのリアムの背中が描かれている。眼下には山や川、森、小さな畑の中の家。その線は柔らかく、ほどよい抜け感がある。そして見る者を安心させる。

知らなかった。

つい先日までゴミ箱をひっくり返したような部屋に住んでいた八重が、何かと言えば、べらんめぇ調で悪態をつく八重が、こんな優しい絵を描くなんて。


リアムはヨハネス村でいちばん高いイチョウの木にとまりました

ノエルという青年を捜すためです
でも、ノエルはなかなか見つかりません
いくら待ってもやってきません
かわりにリアムが見たものは
仲がよかったはずの友達が言い争いをしたり
隣同士に住むものがとっくみあいの喧嘩をしたり
親が小さな子供を叩いたりするすがたです
リアムの目にうつるのは、くらく、かなしい世界です

八重はスケッチブックのページをゆっくりとめくる。リアムがとまるイチョウの木の下に村の人々の諍《いさか》いや衝突の様子が暗い色合いで描かれている。
「下界の人間たちはみんな、自分勝手で優しさもいたわりの気持ちもない」
雲のうえで神さまがなげいていたとおりのことが
リアムの前で行われていました
長いひげをたくわえた神さまが雲の上でため息をついている。八重はその頭上の

吹き出しの中に美しい青年を描き加えた。

「これがノエル?」

元輝が聞いた。

八重は頷き、また語り始める。

そんなある日、リアムはついにノエルを見つけました
湖のように澄んだ瞳
やさしいほほえみ
間違いありません
神さまがいった
「澄んだ心」のノエルです
でも、どうしたことでしょう
村人たちはノエルを見つけるとツバを吐きかけます
「おまえを見ているとイライラする」
石を投げつける人もいます
それでも、ノエルは前を見つめて歩きます
リアムはノエルの肩にとまりました

「誰だい、きみは？」

「僕はリアム。神さまからの伝言があるんだ」

「僕に？」

「そう。神さまは、この世の人間のみにくさに怒ってもうすぐ大洪水を起こす。だから、急いで四角い舟をつくって。そして、いちばん大事なものをひとつだけ持って逃げて」


ようやくわかった。

そこかしこにアレンジを加えながら八重はノアの方舟を下敷きにした物語を紡いでいる。

「僕には親も友達もいない。だから、大事なものは初めて友達になってくれたきみだ」とリアムに伝え、ノエルは四角い小さな方舟を作り始める。出来上がった翌日、大雨が降り始める。

八重はスケッチブックをめくりリアムが下界を見下ろすページに戻り、棒状に降りしきる雨を描き加えていく。


おひさまが消え、空は灰色の雲におおわれました

雨はいくら降ってもやみません
昼も夜も何日たってもやみません
雨、雨、雨……
雨、雨、雨……
そうして世界はあっという間に水びたし

淡い線で描かれていた山や川、畑、家が太い水色の雨で塗りつぶされていく。

「え〜、みんな溺れちゃうよ」

咲良が叫んだ。

「怖っ。神さま、怖すぎ」

流香がスケッチブックをのぞき込む。

次のページではノエルとリアムが乗った方舟が流されている。

八重は濃い水色で雨と波を描き加えながら、物語を続ける。

あてどもなく方舟は流されていく。そうして三十日目の朝、リアムはノエルに言う。

「神さまが僕を呼んでいる。そろそろ洪水をおさめるおつもりだ。ノエルはここで待っていて。用事をすませてかならず帰ってくるから。ちょっとだけさよなら」

リアムは旅立った。でも、なかなか帰ってこない。方舟にひとり残されたノエルは思う。昔はひとりでも平気だった。でも、今は違う。リアムといる楽しさを知ったら、もうひとりには戻れない。

スケッチブックの中でノエルは肩を落とし、淋しげに佇む。

阿紗はその姿に自分を重ねていた。昔はひとりで平気だった。淋しくなんかない。そのほうが楽だとすら思っていた。でも、今は違う。

そんなある日のことです

薄暗い雲が割れ、おひさまが姿をあらわしました

光のはしごをリアムが下りてきます

「リアム！」

「ノエル！　待たせてごめんね。帰ってきたよ」

「僕は信じていたよ。きみはかならず戻ってくるって」

「そうさ。僕はずっとずっときみといる」

リアムは胸の毛の中から一枚の紙をとりだしました

「開いてごらん、ここに神さまからの伝言が書かれているよ」

ノエルは渡された紙を開きました

そこには黄金色で神さまからのメッセージが書かれていました

八重はスケッチブックのページをめくり、金色の枠の右下に神さまの顔を書き足す。

「ねぇ、その手紙にはなんて書いてあったの？」

元輝が痺《しび》れを切らして聞いてきた。

「まぁまぁ、慌てなさんな」

八重は金色の色鉛筆を走らせる。

きみは　きみのままで　いいんだよ

「どういう意味？　神さまは何を伝えたかったの？」

咲良が聞いた。

「意味なんてないさ。そのままさ」

いつものしわがれ声で八重は言った。

「あたしはあたしのままでいいってこと？」

「すごいね、ルカは。当たり」

「じゃあ僕も僕のままでいいの？　でも、お母さんはいつも怒るよ。もっと男の子らしくしなさいって」

八重は元輝の頭を撫でた。

「そんなの『はいはい』って頷いときゃいい。何も変えることない。ゲンキはゲンキらしくしてればいい。サラもルカも同じだよ。今は深く考えなくていい。ただ、この神さまからのメッセージは覚えておきな。みんなありのままでいいんだよ。もっと大きくなって、親や先生から叱られたり、友達と喧嘩したりしてしんどくなったら、思い出してごらん。きっと楽になる」

「♪きみはきみのままでいい～」

流香が節をつけて歌った。

「お、いいセンスしてるね」

流香はもう一度、口ずさみ、言った。

「きょうもサイコーだった。ねぇ、もしも大洪水が起こったら、やえちゃんはどうする？　舟に一緒に乗せるいちばん大事なものって何？」

「そりゃ、あんたたちだ」

「うそだぁ」

咲良が言った。

「やえちゃん、ソンタクしすぎぃ」

流香の言葉にみんな笑った。

「バレたか。ほんとはね……」

子供たちが身を乗り出す。

「ヒ・ミ・ツ」

ずるーいと子供たちからブーイングが起こる。

「ずるいさ、あたしは」

八重はけろりと言う。

「じゃあ、センセイは？」

咲良がこちらに矛先を向ける。

壁にかかった白い鳩時計を見た。

いつも独りぼっちの孫を不憫《ふびん》に思ったのか、亡くなった祖母がクリスマスに買ってくれた。実家から持ってきた子供の頃からの宝物。

母が愛人といちゃついている間、汚部屋に籠っていると、鳩が三十分おきに小屋から飛び出してきてポッポと時間の経過を教えてくれた。

あんな奴、早く帰れ。

早く時間が経って。

ヘッドフォンで音楽を聴きながら、そろそろだと思って薄暗い部屋で目を凝らす。

小窓があいて鳩が飛び出してくる。

ポッポ（もうちょっとの我慢）

四回鳴く頃、迎えの車が来て父は自分の家へと帰っていく。

いつも正確で絶対に裏切らない。楽しいことなんてひとつもなかったあの頃の唯一の友達……。

でも、今、自分は過去よりも未来を見ている。鳩には悪いが、もっと心を占めていて、一緒に方舟に乗りたい人がいる。

「う～ん。センセイも秘密」

大きな背中の後ろ姿が頭をよぎるだけで、頬が緩む。

「なんだよ、その顔、ニヤついちゃって。あんた最近、気味が悪いね」

八重が横目でこちらを見た。

「え～、教えてよ～」

子供たちが騒いでいる。

「ダメ。センセイも八重さんと一緒。ずるいんだ」

ほんとうに大事なものは人には言えない。言いたくない。

7

国道15号の先に見える線路を緑色の電車が通っていった。

八重の家のベランダから見える風景は、自分の家とほとんど変わらない。澄んだ青色の中でいわし雲が気持ちよさそうに浮かんでいる。一昨日、昨日と降り続けていた雨が嘘みたいだ。この数日で季節が一歩前に進んだのか。イチョウの木が黄金色に輝いている。

阿紗はサンドペーパーで研磨して滑らかにした2×4材をベランダの柵に立てかけた。

作業台の上に置いた丸い缶から黒蜜のようなワックスをスポンジに取る。ネットを見るかぎりは「シンナーを吸っているような感じ」「頭が痛くなる」といったユーザーの声が多かったが、それほどでもない。冷蔵庫からネズミが落ちてきたあの日、棚の奥で液状化していた野菜のにおいが鼻孔に蘇る。あれよりはずっとましだ。

三日ほど前にベランダのゴミを片づけるときも大変だった。色褪せた段ボール箱の残骸と枝が朽ちかけた観葉植物の間に置いてあった蓋つきポリバケツ。青カビでコーティングされた正体不明の中身は、鼻の粘膜が破れるのではと不安になるほどの悪臭だった。冷蔵庫に続きポリバケツの洗礼を受けたおかげで、ちょっとやそっとのことでは動じなくなったのかもしれない。

2×4材の木目に沿ってワックスを塗り込んでいく。サンドペーパーで研磨しておいた甲斐あって、するすると塗れる。白っぽい木がダークチョコレート色に変わり、木目が際立っていく。柱に使う木に続き、棚板も同じ要領で塗っていく。

ワックスを乾かしている間、掃除をすることにした。排水溝の溝にたまった木の葉やゴミ屑を手で取り除き、残りをホウキで掃いていく。三畳ほどあるこの空間を八重はずっとゴミ置き場にしていた。不用品で埋め尽くしておくのはあまりに勿体ない。ふと隅っこにある空の植木鉢が目に入った。近いうちに色を塗って、チューリップの球根を植えてみるのもいいかもしれない。

掃き終えたゴミをポリ袋に入れていると、柔らかな風が頰を撫でる。ゴトゴトと聞こえてくる電車の音はBGMとしては悪くない。

フェンスに立てかけている2×4材に触れると、おおかた乾いていた。着古したTシャツを刻んだ端切れで磨く。次第に艶が出てくる。これを組み立てれば……そう思うと楽しくなってくる。便利な時代になったなぁと思う。ネットを見ればブログで、動画で、女ひとりでもだいたいのことはできる。

棚が出来上がったら、今度はテーブルでも作ってみようか。昨日見た、「DIY

でガーデンテーブルを作ってみた！」という動画を頭の中で再生してみる。天板となる板をサンドペーパーで磨き塗装して、アイアンの脚を取りつければ簡単にできる。晴れた日にお手製のテーブルで八重とお茶を飲みながら、イチョウ並木を見下ろす……のどかなティータイムを思い描いていると、八重の顔が佐々木にすげ替わった。

まったく。どうかしている。佐々木に会ってから、五日が過ぎた。もう何十時間もあの人のことを考えている。今みたいに作業に没頭していても、何かの拍子にカットインしてくる。

落ち着け。自分に言い聞かせてみたが、佐々木はひとたび頭を占領すると、なかなか消えてくれない。放っておくと、頭がショートしそうになる。ひたすら手を動かす。今は塗装に集中して……。ほどよい艶と使い込んだ家具のような深みが出てきた。

ビニール手袋をはずしながら、深呼吸した。

「八重さん」

ベランダから声をかけた。

ソファの前に腰を下ろしていた八重がこちらを見た。温州みかんの箱に入れた「必要な物」の再仕分けをしている最中だった。このところフリフェスに出品した不要品の売れ行きがいいので、さらに「売れそうな物」を物色したいらしい。

「塗装が終わったんで、しばらくベランダに置いて乾かします。その間にちょっと散歩しませんか」

「散歩？」

自分でも不思議だった。なぜ散歩なのか。

多分、この春のような陽気を誰かとわかちあいたいのだと思う。

「ヨハネも一緒にどうですか」

夜行性のフクロウも、たまには陽の光を浴びたほうがいい。

八重は阿紗の背後に見える空を見上げた。

「たしかにいい天気だね。小春日和《インディアンサマー》ってやつだ。そりゃそうと、これ売れると思うかい？」

窓越しにシノワズリのボンボニエールを掲げて見せた。蓋の持ち手に唐子《からこ》がついている。阿紗でも知っているハンガリーの高級ブランドのものだった。鍵が入っていた浅田飴の缶が頭をよぎる。あの古びた缶は必要で、この新品同様の小物入れは不必要。いまだに八重の仕分けの基準がわからない。

「そこそこ、いい値段で売れるとは思いますけど、きれいな小箱ですよね。せっかくだから棚に飾ったらどうですか。中に大事な物を入れて——」

「棚って？」

「今から作る棚ですよ。塗装が終わったんで、きょう一日乾かせば、明日にはできます」

「そりゃ、愉しみだ。じゃあ、ま、とりあえず散歩でも行くか」

八重は温州みかんの箱の中から黄色いマフラーを取り出し、無造作に首に巻いた。

「そこで待ってな。ヨハネの準備をしてくるから」

よっこいしょと言って腰を上げた。


ようやくイチョウの季節がやって来た。

ここ数日の朝晩の寒暖差のおかげで、並び立つ木々は鮮やかに色づいている。空の青さと輝く葉の黄金色。阿紗がいちばん好きなコーディネートだ。

「きょうは散歩日和ですね」

「まあね。でも、難を言えば、空が青すぎる。晴れすぎだよ」

「それがいいのに」

八重は横目でこちらを見て、鼻を軽く鳴らした。

「単純だね、あんたは。青空がいいのは当たり前。曇り空のよさがわからないなら、まだまだ人間が青い。イチョウの葉だって灰色の空のほうがずっと映える」

片手でマフラーを巻き直しながら言った。室内では黄色と思ったが、こうして陽の下で見るとイチョウの葉と同じ色。グレーのワンピースとよく合っている。

「そういえば八重さん、小物はイチョウ色、服は灰色が多いですね」

「ああ、灰色は落ち着く。昔、毎日同じ灰色の修道服を着てたときは、滅入ったけど、あんたくらいの年齢になった頃から、この色のよさがわかるようになった。ひと口に灰色っていってもいろんな表情がある。ライトグレーにダークグレー。少し青みがかったブルーグレー……そういや、あんた百鼠《ひやくねず》って知ってるかい？」

「百匹のねずみ？」

冷蔵庫から落ちてきたピンクマウスが頭をよぎる。

「相変わらずもの知らずだね。昔々、贅沢を禁止された江戸の町人たちが使えた色は、茶色と青とねずみ色だった。中でもねずみ色は、微妙に染め分けて利休鼠、深川鼠、銀鼠ってな具合にいろんなバリエーションを作ったんだ。さすがに百パターンはなかっただろうけど」

「そうなんですか。知らなかった。八重さん、もの知りなんですね」

「あんたが知らないだけさ」

アスファルトグレーのふたつの影法師がついてくる。考えてみれば、八重とこうして肩を並べて歩くのは初めてだった。

家を出たときは八重の足取りにあわせ、ゆっくりと石畳の感触を味わうように歩こうと思っていた。だが、すぐに早歩きになった。八重は姿勢よくさっさと風を切るように歩いていく。推定七十五歳のわりには軽やかな足取りだ。家の前にずぶ濡れになってしゃがみ込んでいたあの第一印象と独特の喋り方で、八重を「老婆」と決めつけていたが、よくよく見てみると、肌艶もいい。

「そういえば、あんたイチョウの花を見たことあるかい」

黄金色に輝く葉を見つめながら八重が言った。

イチョウの花。いつも葉ばかり注目して、考えてみたこともなかった。

「……ないです」

「そう言うと思った。春にちゃんと咲くんだよ。咲くっていっても花びらはない。ブドウの蕾みたいな形で、色も葉っぱと同じなんだ。なんとなく、あんたに似てる」

花びらもない、色もない、華のない花……。

「それって地味ってことですか」

八重の横顔がニヤリとした。

「まぁ、地味といえば地味だが、よーく見ると味がある」

「褒めてるんですか、それとも」

風に誘われてイチョウの葉が舞ってくる。陽ざしを浴びてきらきらと黄金色に輝く。イチョウの主役は花ではなく、やはりこのハート形の葉だ。

「褒めてもけなしてもない。思ったまんま、言ってるだけさ。な、ヨハネ」

ファルコングローブをはめた八重の腕に乗るヨハネは身じろぎもしない。

「なんで街路樹にイチョウが多いか知っているかい？」

「東京都の木だからですか」

「タフだからだよ。イチョウはね、ジュラ紀からその姿をほとんど変えてないんだ。隕石が落ちてこようが、火山が爆発しようが、耐えて、生きながらえてきた。火にも逆境にも強いんだ。自動車の排気ガスぐらいじゃへこたれないんだよ」

「そのタフな木の花があたしに似てるんですか」

「なんとなくね。そういや、そこの道を入ってちょっと曲がったとこにいい喫茶店があるんだ。『ギンコォ』って店。あとで寄ってみようか」

「喫茶店なのに銀行？　変わった名前ですね」

八重は鼻を鳴らした。最近、わかってきたが、八重の鼻鳴らしは五種類くらいパターンがある。今みたいにフーンと長めに鳴らすときは、呆れたときだ。

「まったく、もの知らずにもほどがあるよ。ギンコォって、あんたイチョウって意味だよ」

「そうなんですか。知らなかった」

「あそこのばあさんは寡黙でいい。コーヒーは可もなく不可もなくだけど、タバコを吸っても、ヨハネを連れていっても文句を言わないからいいやね」

八重から「婆さん」と呼ばれる女主人はどのくらいの年齢なのだろうか。

歩道橋が見えてきた。大きなイチョウの木で両サイドを支えられているようだ。

交差点を左に折れ、西に向かってゆるやかに上がっていく。

通りすがりのサラリーマンがこちらを見た。視線の先にいるのは、八重の腕に止まるヨハネだ。本物か？　と凝視したあと、ファルコングローブに視線を落とし、やはり生きていたと納得してすれ違っていく。

「ヨハネのこと、みんなガン見しちゃいますよね」

「いつも日が暮れてから散歩するからね。それに駅前に比べると、ここを歩く人間は少ないからねぇ。目につきやすいんだろ」

ヨハネは見られることに慣れているのか、それとも、そもそも道行く人など眼中にないのか、相変わらず身じろぎひとつしない。

「ま、じろじろ見られたところで、ヨハネは動じないがね」

通りの向こうには、日本庭園で有名なホテルのレストラン棟が続いている。宿泊客だろうか。熟年の外国人カップルが通りすぎていく。

「今の外国人見たかい?」

何歩か進んだところで八重が言った。

「ふたりともTシャツ着ていましたね」

「十月になったっていうのに、半袖とはね。上着も持ってなかったろ」

八重はマフラーを緩めながら言った。

「きょうは半袖でもいいくらいの陽気だね。昔はこの時期になると、もっとずっと寒かった。みんな分厚いコートを着ていたのに。日本もいつの間にか東南アジアみたいな気候になったねぇ。夏は湿度が高くて冬はポカポカ」

「東南アジアには、行ったことないけど、それって亜熱帯気候ってことですよね。たしかにここ数年で気候が変わった。温暖化でこれからもっと暖かくなるのかな」

「まぁ、寒いよりは暖かいほうがいいやね。暖かい冬はいい。ソ連なんかに生まれなくてほんとによかった」

「八重さん、ソ連じゃなくてロシア」

「何言ってんだ、昔はソ連だったんだ」

でも、今はロシアでしょと言おうとしたときだった。

向こうから夫婦連れがやって来た。

色白で背の高い妻はベビーカーを押している。赤ん坊がきゃきゃきゃっと笑って手足をバタバタさせた。持っていたクマのぬいぐるみが落ちた。すかさず傍らの夫が拾う。立ち止まってホコリを払い、赤ん坊に抱かせる。その大きな一重瞼は我が子だけを見ている。阿紗はもちろん八重にもヨハネにさえも気づきもしない。

息が止まりそうになった。

この五日間、佐々木との再会をどれだけ待ち望んでいたことか。なのに、こんな形になるなんて。

「八重さん……」

「どうしたんだい」

「喉が渇きました。先に『ギンコォ』に行きませんか」

それだけ言うので精一杯だった。前を向けない。もうこれ以上、見たくない。八重の返事も聞かず、左に曲がった。

「気まぐれな女だね」

八重はこちらに引きずられるように曲がった。

「そりゃそうと——」

何か喋っている。何か言わなければ。

言葉が浮かばない。

佐々木……。下の名前すら知らない。701号室に住んでいるということ以外、年齢も職業も出身地も、何も知らない。それでもあの人の優しさだけは知っているつもりだった。

捨て置けない。あの声音がまだ耳に残っている。イチョウ並木から家の前まで。ほんの十数分話しただけなのに、自分に向けられるその視線が、単なる好意を越えたものだと勝手に思い込んでいた。いい年して滑稽すぎるひとり相撲。

佐々木は何も悪くない。

いや、悪い。かわいい奥さんと子供がいるのに、あんな目で見つめてくるなんて。眩しいくらいの笑顔を向けてくるなんて。

なんとか一歩を踏み出す。地面に足がついているような気がしない。そのくせ動悸だけが激しくなっていく。

「……ちょっと、あんた、人の話、聞いてんの？」

八重はこちらのかすかな変化を見落とさない。

「大丈夫です」

「何が？」

言葉が続かなくて俯く。

表通りから風に乗ってやって来たのか、足もとにはイチョウの葉が落ちていた。黄金色のハートの真ん中に割けそうなくらい大きな切れ目が入っている。

8

残り少なくなった納豆とご飯に茶碗のヘリについた生卵を塗りつけ口に運んだ。ゆっくりと咀嚼《そしゃく》する。卵ってどうしてこうも優しい味がするのだろう。納豆ご飯はこの先、何百回、何千回と食べても絶対に飽きない。

母は朝食を作る人ではなかった。ごくたまに菓子パンが出るだけで、阿紗が学校に行く時間はほとんどベッドから出てこなかった。

ずっと食卓のにおいに憧れていた。独り暮らしを始めたときから、朝は味噌汁と納豆ご飯と決めている。

半分開けた窓から電車の音が滑り込んでくる。

きょうも外は穏やかに晴れている。

「ごちそう様でした」

立ち上がり食器をシンクに運んだ。日本茶を淹れ、ソファに腰を下ろす。

鳩時計がついさっき午前八時を告げた。

一昨日、佐々木にフラれた。正確に言えば、フラれるまで仲は進展していなかった。それでも、心に空いた穴は大きい。静かすぎる時間は心に毒だ。テレビのリモコンを押した。

ワイドショーでは子供を虐待死させた母親の裁判の様子を伝えている。発見されたとき三歳の女の子は痩せ細り、アザだらけだったという。

よりによって、こんなニュースと出くわすとは。

この子に比べたら、自分はまだマシだったのだろうか。

母から殴られたり、蹴られたりしたことはない。

でも、何度も言われた。

「あんたなんて産まなきゃよかった。子はカスガイっていうけど、あんたみたいにかわいげのない子はカスガイ以下」

カスガイってなんだろうと思って辞書で調べたことがある。ふたつの材木をつなげるために使うコの字形の釘と書いてあった。カスガイであるべき自分は父と母、どちらの心にも引っ掛かりもしなかった。出来損ないのカスガイ。深く心がえぐられた。身体に傷はなくても、心の中はアザだらけだった。

佐々木にフラれた悲しみよりずっと深く暗い場所に埋めた感情が湧き上がってくる。

虐待のニュースは終わり、おむつのＣＭが流れている。柔軟剤、歯磨き粉、消臭剤……阿紗が経験したことのない幸せな家庭の日常の中で商品が紹介されていく。

ＣＭが終わり、画面はワイドショーのスタジオに変わった。

「次はニュースの時間です。報道スタジオの細野さーん」

三十分間のニュースが始まった。現職大臣の汚職事件、内閣支持率の急低下、アメリカ大統領の大失言……。女性キャスターは淡々とニュースを読み上げていく。

「次は訃報です」

画面に映ったのは秘書へのパワハラや不倫スキャンダルで知られた日下部亜沙子《くさかべあさこ》衆議院議員だった。すでに故人となった父は大臣を歴任した日下部直人《なおと》──母の愛人でもあった男だ。その死から五年、四十一歳での急死。クモ膜下出血だという。

死んじゃったんだ、あの人。

たまたまつけたテレビで、その死を知る。

これも血のつながりのなせる業なのか。

阿紗はテレビに映る生前の「姉」を見つめる。少し垂れた目と耳の形が父親によく似ている。そういえば、自分を「カスガイ」にしようとしていた母は父によく言っていた。「この子の鼻から口にかけてのラインはパパにそっくり」

自分とこの女にも外見上の共通点があるのだろうか。

日下部亜沙子はマスコミには「別れた」と公言していた愛人の家で倒れ病院に運ばれ、そのまま息を引き取ったという。

悲しくはない。無論、ざまあみろとも思わない。

何年も前の記憶が蘇る。

中学一年のときだった。家の前に立つ見知らぬ少女がこちらを睨んでいた。都内でいちばんかわいいと言われる私立中学のセーラー服を着ていた。

誰、この人？　いきなり近づいてきて頬をぶたれた。

「あんたが、アサね」

頷く間もなく、またぶたれた。

「ママがね、あんたのこと興信所で調べたの。あんたの母親、相当なやり手で何人も男がいるんでしょ。パパだって、あんたがほんとうに自分の娘かどうかわかんないって言ってる。ただ、泣きついてきたから仕方なく認めてやったんだって。調子乗るんじゃないわよ、毎月、パパからたくさんお金せしめて。あたしはあんたのことなんてゼッタイに妹だと認めないんだから」

金切り声で叫ぶと少女は踵を返した。

後ろ姿が怒っていた。

自分は少しも調子に乗っていない。こっちこそあんな男、父親だなんて認めていない。それなのに、いきなりぶたれて……。痛いとか、悔しいとか、辛いとか、憎いとか。もっといろいろな感情が湧いてきてもよさそうなものだけど、何も感じなかった。それとも無意識のうちに感じないようにしていたのか。こんな自分の人生にも、ドラマのような一コマがあるのだな、そう思った。

あれきり異母姉とは会っていない。母の葬式のときも、何の連絡もなかった。

テレビでは次のニュースを伝えている。

日下部亜沙子。この期に及んで気がついた。自分が阿紗という名なのは、夏の朝に生まれたからという理由だけじゃない。母の愛人が娘を呼び間違えないように、と安全策でつけたに違いない。今となってはどうでもいいことだが。

これでこの世に自分と血のつながった人間はいなくなった。天涯孤独。そう言うと、ずいぶん淋しい人生に聞こえる。だが、心の奥底でどこかせいせいとしている自分がいる。

日本茶を飲んだ。すっかり冷めてしまった。苦くて甘い。


毛玉だらけのセーターやとぐろを巻いたタイツが段ボール箱に放り込まれていく。ヨハネがいる寝室の片づけを始めて、まだ三十分も経っていないが、クローゼットの中の物が次々と選別されていく。

ここ数日で八重は仕分けのコツをつかんだようで、その手に迷いがない。

「きょうは一段と手際がいいですね」

「ここはヨハネの部屋だからね。あたしは荷物を置かせてもらっている。貸倉庫みたいなもんだよ。めったにこの物入れを開けることもないんだ。そう考えると、ここに入っている大半は処分しても問題ない」

阿紗は振り返った。この部屋の主であるヨハネは窓際の止まり木スタンドの上でじっとしている。「フクロウは人に懐くことはないが、慣れる」と前に八重が言っていたが、この家に出入りするうちに阿紗の存在にも慣れてきたようだ。

手持ち無沙汰の阿紗は温州みかんの箱の中から、チャコールグレーのセーターを取り出した。

「八重さん、ちょっと手を休めて、こっちを見てください」

「なんだよ」

「仕分けた服をクローゼットにしまうときの畳み方を知っておくといいかなと思って」

「あたしのやり方じゃダメだっていうのかい」

しわがれ声が少し尖る。

「ダメじゃないけど、八重さん、その時々で畳み方が違うから。せっかくだったら、同じ方法で畳んだほうが収納もしやすいんじゃないですか」

「ふーん、そういうもんかね」

「そういうもんですよ。まずニットはこうやって背中側を上にして、袖先をクロスさせながら折り込むんです」

阿紗は膝の上でニットを畳み始めた。

「次は首元から下に長方形を作るイメージで肩部分を内側に折り込む。そうして裾部分を持って二つ折りにすればできあがり。ね、簡単でしょ」

「たしかに」

八重は八重にしては珍しい青いセーターを取り出し、膝の上に置いた。

「こうやって背中を上にして……。よし、できた」

長方形になったセーターをこちらに向けた。

「そう、いい感じです。せっかくだからタイツの畳み方も教えます」

今度は段ボール箱から黒いタイツを取り出し、左右の足を重ねあわせた。

「こうやってつま先から巻きます。筒状になったらウエストのゴム部分をひっくり返して巻いた部分がおさまるように形を整えたらできあがり」

「なるへそ。これも場所をとらなくていいやね」

八重もとぐろを巻いていたタイツを取り出し、くるくると巻きゴムで覆うとヨハネに見せた。

「ヨハネ、これでクローゼットがすっきり片づくよ」

阿紗も微笑みかけてみた。なんの反応もない。このそっけなさがなぜか落ち着く。

と、突然、ヨハネが顔をしかめた。

俯き口を大きく開いたかと思うと、顔を左右に激しく振っている。

「大変！　ヨハネが」

八重はちらりとヨハネを見た。ヨハネがあんなに苦しそうなのに少しも動じない。

「ああ、あれ。前兆さ」

「前兆って？」

「人間だって吐きそうなときオェーって顔するだろ。それと同じ。単なる生理現象。まぁ、見ててごらん」

たしかに人が吐く体勢に似ている。だが、吐くなら吐くで……。止まり木スタンドの下に目がいった。新聞紙が敷かれている。これだけで大丈夫なのか。ヨハネの吐瀉物《としゃぶつ》が飛び散ったりしないのか。

ヨハネが口から石ころのようなものを吐き出した。

「出たね、あれがペリットだよ」

グレーのタイツを畳み終えた八重が顔を上げて言った。

「ペリット？」

「フクロウはまるごとネズミやウズラを飲み込むからね。一日に一回、消化しきれない骨や毛の塊を今みたいに吐き出すんだよ。ペリットというより、コロッとね。だけど、うんこみたいに臭くはない」

新聞紙の上にペリットが転がっている。

何回かこの部屋に足を踏み入れたが、今までこれが落ちているのを見たことがない。考えてみれば、糞も。キッチンもリビングも片づけられない八重だが、ヨハネの部屋は特別で、その都度、掃除していたのだろう。

「そういや、それ」

八重はみかん箱の中にあるスケッチブックを顎で指した。三十分ほど前クローゼットを開けたと同時に、真っ先に落ちてきたものだ。

「開いてごらん」

「いいんですか」

八重はこくりと頷いた。

「ヨハネのアルバムだよ」

ページをめくると、ぽわぽわとした毛に包まれたヒナ鳥が色鉛筆で描かれていた。

「これがヨハネ？　かわいい」

「天使みたいにかわいいってのは、人間の子供に使う言葉だと思ってたが、ヨハネが小さい頃は天使そのものだった。そういや、その中にチビヨハネの『オエッ』の顔があるよ」

　スケッチブックをめくっていく。ペリットを吐く前に顔をしかめるヨハネの姿があった。

「身体は小さいのに、吐き出すペリットはいっちょ前に大きくてね――」

　八重は絵本を読むようにヨハネのヒナ鳥時代を話す。仕分けしていた手が止まっている。

　片づけをしていると、途中で懐かしい物が出てきてしばし作業が中断する。いつまでも思い出に浸っていてはダメだと思い直して再開するが、すぐにまた別の物を見つけ記憶を手繰る。その繰り返しで片づけがなかなか進まないという話をよく聞く。

　そんな時間が少し羨ましい。

　十八で独り暮らしを始めたとき、荷造りは簡単だった。最低限必要な身のまわりの品と祖母からもらった鳩時計だけを段ボール箱に詰めた。その他の私物は家具以外、すべて捨てた。母と暮らした家には、手にして心が温かくなる物も、振り返りたくなるような思い出も何ひとつなかった。新居は、実家から電車で一時間近くかかる下町に決めた。よんどころない理由で敷居をまたぐことはあっても、二度とゴミ部屋には入らない。そう決めて家を出た。

「元気にしてる？」

四年半ぐらい前から母が亡くなる直前まで、時おり電話がかかってくるようになった。娘に愛情を注いでこなかったことを悔いたからではない。愛人に先立たれ、ヒマを持て余していたからだ。

「たまには顔が見たいから、帰ってきなさいよ」

「今、仕事が忙しいんで無理」

顔を見たくない理由をあげだしたら、何時間あっても足りない。話したところで通じる相手でもない。いつも仕事を理由に断った。

「あんたってほんとに冷たい子ね」

電話口で母は諦めたように言った。

冷たいといえば冷たいのだろう。

だが、心を凍らせたのは母だ。

もっと構ってほしいという期待も、母の望む娘でありたいという願いも、一度も抱きしめられたことがない渇きも、無神経で暴力的な言葉を浴びせられた痛みも、何もかも捨てた。そうしなければやってこれなかった。すべて抱えていくのは、あまりに重すぎた。

荒療治の結果、心に大きな穴が空いた。

つきあっている男がいても、気のおけない友達がいても、その穴は埋まらない。埋めなくてもいい。どこかでそう思っているから、ひととき親しくした人もやがては去っていく。

「そんなにヨハネの『オエッ』が気に入ったのかい？」

ペリットの前のヨハネのページで手が止まっていた。

「ええ、まあ」

ふたたびスケッチブックをめくっていった。どのページのヨハネも止まり木スタンドに乗っている。だが、ふたつとして同じ表情はない。

「アルバムっていうから、てっきり写真だと思っていたけど、すべて絵に残しているんですね」

八重はクローゼットの中から古いボストンバッグを取り出しながら頷いた。

「そりゃそうさ。ヨハネは見世物じゃないんだ。あんた、自分の部屋でくつろいでいるときにいきなり他人が入ってきて、パシャパシャ、シャッター押されたらどんな気分？　あたしはやだね。ヨハネも嫌に決まってる。だから、ヨハネがいい顔を見せたときは目でシャッターを押す。しかと瞼に映像を焼き付けて、急いであっちの部屋に行ってデッサンをする」

スケッチブックの中の若きヨハネは今にも動きだしそうだ。一瞬の動きをここまで繊細に再現できる画力は素人の域をはるかに超えている。いったいどこでこんな技術を学んだのだろう。

「すごく高度な描き方をしてたんですね。あたしはてっきり、日がな一日、ヨハネを写生してたんだと思いました」

「そりゃ写生したほうが、うまくは描ける。だけど、ここはヨハネのテリトリーだ。野山や森で暮らすはずの猛禽類をこっちのエゴでこんな狭い場所に閉じ込めている。飼わせていただいているんだ。せめて、ヨハネの邪魔をしないようにしたいやね」

テリトリー。冷蔵庫からネズミが落ちてきて、ヨハネの存在を知ったあの日も、八重はこの言葉を使っていた。

今までずっと不思議だった。自分はなぜこうも八重の面倒を見てしまうのか。べらんめぇ調でののしられながら、悪態をつかれながら、それでも八重のために立ち働いてしまう。だが、働かされているという気がしない。むしろ率先してやっている。その理由が今、わかった。

八重は無駄口こそ叩くが、無駄なことは聞いてこない。過去のことも、家族のことも。

佐々木にときめきすぎて情緒不安定になっていれば、「なにニヤニヤしてるんだ」とは言う。だが、それ以上、深入りしない。そこから先は放っておいてくれる。散歩の途中で佐々木の妻子を目撃してから、自分はずっと暗い顔をしているはずだ。だが「何があったんだい？」と聞いてこない。意識しているのかいないのか、境界線の手前でとどまり、阿紗のささやかな人生を尊重してくれている。

この距離感が心地いい。

自分はきょう天涯孤独の身になった。

血のつながりなんていらない。

心の中の空白も埋まらなくていい。

それでも、自分ではない誰かと地でつながっていたい。

隣の魔女鼻を見る。ふたりの間に細くしなやかな透明の糸が日々紡がれているような気がする。

「八重さん、いつかあたしのポートレートも描いてくれますか」

八重はこちらも見ずに首を横に振った。

「やだよ、そんなの」

「そう言うと思いました」

「だったら聞くな」

ニヤつきながら、ボストンバッグの中を探っている。

「おやおや、懐かしい物が出てきた」

そう言って灰色の修道服を引っ張り出した。

「いろいろあって逃げ出した修道院だったけど、なぜかこれは捨てられないんだよねぇ」

「捨てられない思い出があるのはいいことですよ」

「でも、あたしも太ったからね。もう入らない。そうだ、あんた着てみる？　似合うよ、きっと」

「似合ったところでどうだっていうんですか。それに、そのホコリ。まず洗濯しなきゃ。こんなの着たら――」

言いかけたところで、スウェットパンツのポケットの中でスマホが震えた。取り出して見る。

フリフェスから通知が届いた。

「八重さん、ついにミシンのテーブルが売れました！」

「ほんとに？」

笑顔だった八重はなぜか少しだけ眉をひそめた。

9

鳩時計が午後一時を告げた。

そろそろインターフォンが鳴る頃だ。

阿紗は念のため、スマホでフリフェスのアプリを開いた。

「予定通り車で受け取りに行きますので、場所を指定してください」

八重のダイニングテーブルを購入した男からの取引メッセージだ。

ミシンをリメイクしたテーブルは恐ろしく重い。マンションの下まで運ぶ体力はさすがにないので、部屋の前まで取りにきてもらうことにした。

「商品説明の欄にも記載しましたが、こちらは知人からの委託品です。まず家に来ていただいて、そこから一緒にテーブルを取りにいくという形でよろしいでしょうか」

昨日、この返信メールを打ちながら、佐々木のことが頭をよぎった。テーブルを出品した当初、売れたときはマンションの下まで運ぶのを佐々木に手伝ってもらうつもりだった。それくらいの理由があれば、701号室まで行ってインターフォンを押しても、図々しい女だとは思われないから。

妻子と歩く佐々木を見なかったら、危うく実行に移すところだった。そう考えると、あのとき目撃して結果的によかったのかもしれない。

インターフォンが鳴った。約束の時間を三分ばかり過ぎている。

「遅くなってスミマセン。山根です」

モニターに映るのは想像していたよりずっと若い男だった。

「お待ちしていました。８０４号室の前まで来てください」

オートロックの解除ボタンを押した。

山根と名乗る男がエレベーターで上がってくるまであと数分。阿紗は玄関前に置いている姿見に自分を映した。チャコールグレーのスウェットシャツに黒いパンツ。若い男に会うには無彩色すぎる。足ばやに寝室に行き、黄色いソックスに穿きかえた。コーラルオレンジの色つきリップを塗り、ドアの外に出る。

内廊下の向こうでエレベーターの到着音が鳴った。カチャッと音がする。持ってきた台車をセットしているのだろう。

ほどなくして山根が台車を引きながらこちらに向かって来た。青い髪。色白で背が高い。佐々木と同じくらいか。少し猫背気味に歩いてくる。

「お世話になりまーす」

整った目鼻がくしゃっと崩れた。

「どうも」

初対面の相手を前にすると表情が硬くなるのが常だが、山根の人懐っこさに誘われ、こちらも笑顔になる。

テーブルを引き渡したら、山根が受け取り通知を押し、取引完了。これから八重の家に行ってダイニングテーブルを台車にのせ、エレベーターを降りるまでの十数分のつきあいだ。

「こちらが知人の家です」

山根は「五百井」と書かれた表札をじっと見つめた。

「いおいさんという方です。玄関前まで運べたらよかったんですけど、テーブルの脚がすごく重くて。申し訳ありませんが、部屋まであがっていただけますか。あたしも手伝いますので」

「全然オッケーです。ひとりで余裕で運べますよ」

山根はニッと笑った。

「ほんとすみません」

阿紗はインターフォンを押した。

返事がない。

もう一度、押す。

またも応答なし。

ドアノブを引いた。

開かない。

八重は阿紗が自由に行き来できるように日中は内鍵をかけない。

さっき「一時間後にテーブルを取りに来ますからね」と念を押しに行ったときも鍵はかかってなかった。「何度も言わなくてもわかっている」と返事したくせに、どうしてわざわざ内鍵をかけたのか。

「いざ売るとなると、惜しくなってきてね」

こちらを見た浮かない顔が頭をよぎる。

まさか、この期に及んで居留守を決め込むつもりか。

「すみません。中にいるはずなんですけど」

少し距離を置いて立つ山根に頭を下げた。

久々に八重に対して怒りを覚えていた。

もう一度、インターフォンを押す。

出ない。心の中でカウントダウンを始める。

……8、7、6……5、4……

ようやくドアが少しだけ開き、仏頂面の八重が顔を出す。

「なんですぐ開けてくれないんですか。テーブル買ってくれた方が上まで取りに来て下さるって何度も伝えましたよね」

つい語気が強くなる。

「ああ、でも、売るか、売らないか、迷ってた」

悪びれもせずに八重は言う。

「何を言ってんですか、今さら。売るんじゃなくて、もう売ったんです。お金も支払ってくれています。テーブル渡したあとに、受け取り通知をしてもらったら、取引成立なんですってば」

「わかった、わかった。うるさいねぇ」

八重はチェーンをはずし、ドアを全開にした。

「どうもすみませんでしたね。わざわざ――」

ドアの後ろに隠れていた山根が顔を出した。

「ばあちゃん？」

八重の仏頂面が凍りついた。

「なんだよ、いきなり」

眉間にこれまで見たこともないくらい深いシワが寄った。

いったい何が起こったというのか。

阿紗は山根を見上げた。

「八重ばあちゃんだろ。ぼくだよ、青《はる》」

「知らないよ、そんな人間」

八重は視線をそらした。頬が強ばっている。

「んなはずねぇだろ。光一郎《こういちろう》の息子だよ」

いつの間にか山根は玄関に押し入っていた。

「あの、ここで立ち話もなんなんで、とりあえずあがってください」

玄関先でかわせるような単純な話ではなさそうだ。

「何言ってんだ、ここはあたしの家だよ。こんな青鬼みたいな男、玄関先でじゅうぶんだ。さっさとテーブル渡して、帰ってもらいな」

八重は玄関の前で仁王立ちになった。

「ひでぇな。誰が青鬼だよ。孫に向かって言う言葉かよ」

「ひでぇのはそっちだろ、あたしに孫なんていないよ」

「八重さん、とにかくあがってもらいましょう。ここは、たしかに八重さんの家だけど、あたしもこの家の片づけとテーブルの出品には少なからずかかわっています。何がなんだか、わからないけど、ちゃんと話さなきゃ。それに、あのテーブルをここまで運ぶなんて、女ひとりじゃ無理です」

八重は鼻を鳴らした。

「ったく、都合のいいときだけ、か弱い女ぶりやがって」

八重はぶつぶつ文句を言いながら、リビングに入っていく。

阿紗は山根と共にあとに続いた。

八重はソファに腰を下ろし、コーヒーテーブルの向こうを顎で指した。ふつう、お客さんをソファに座らせるだろうと思いつつ、阿紗はラグマットに座った。山根も隣に腰を下ろさず、吸いよせられるようにダイニングテーブルの前に行った。

「これだよ、このテーブル。昔、ばあちゃんの家にあった」

天板の右端にある青いペンキ跡を撫でた。

「一緒に青いペンキを塗ろうとしたら、じいちゃんに止められて。『やめろ、俺は青いテーブルなんかで食事したくない』って、すげぇ、キレられた。怖かったよなぁ、じいちゃん、何が気にくわなかったんだか——」

よっぽど思い入れがあるのだろう。山根はテーブルに関する思い出を問わず語りに話している。

購入する前、山根が「天板の右端に青いシミのようなものが見えますが、可能でしたら、その部分が見える写真をアップしてもらえますか」と聞いてきたのを思い出した。一万九千円と決して安くはない買い物だ。商品の傷や汚れは当然気になる。

そのための確認とばかり思ってアップしたが……。

「覚えてるか、ばあちゃん。『おまえが大きくなったら、このテーブルを譲ってやるよ』って約束したろ。なのに、ある日、突然、何の前触れもなくじいちゃんと別れて。このテーブルと一緒に消えやがって……。あんとき、俺がどんな思いをしたかわかるか？　親父に聞いてもじいちゃんに聞いても、行先は教えてくれなかった。ったく、どれだけ捜したことか。フリフェス知ってからは、ヒマさえありゃ、ミシン脚のテーブルを捜し続けたよ。マジで、スマホ首になるくらい検索しまくったんだから」

山根はもう一度、青いペンキ跡を撫で、阿紗の隣に腰を下ろした。

「八重さん、いったい、どういうことですか」

詰問口調になっていた。八重と山根の問題だ。自分が口をはさむ筋合いはない。だが、なぜか裏切られた気持ちになってしまう。

誰に？　家族がいることを黙っていた八重に？　それとも祖母のものだと半ば確信しながら、素知らぬふりで取引メッセージを送ってきた山根に？　おそらく両方に。

「どうもこうもないさ」

八重は大きく息を吐き、腕組みすると、山根を正視した。

「ハル、あんた昔とちっとも変わってないね。わがままでネチネチして」

山根は身を乗り出した。

「お、やっと認めたね。ばあちゃんこそ変わってない、その口の悪さ」

「皮肉なもんだね。過去をひとつ捨てたつもりが、よりによって、あんたに拾われちまうなんて。あんたストーカーかい？　なんで今さら捜しにきたんだ」

「今さら？　俺の中でばあちゃんが『過去の人』になったことなんてないよ。もちろん365日×十八年、ばあちゃんのことだけ考え続けたわけじゃないが、ときどき胸の奥あたりがきゅーっとなるんだ。ばあちゃん、どこ行ったんだ？って」

「何きれいごと言ってんだ。あたしの中では、あの家のことは過去。過去も過去の大過去。過去すぎて前世の話みたいだよ」

山根はふんっと鼻を鳴らした。恐ろしいほど八重に似ている。

「俺、ばあちゃんのそういう口の悪いとこ、気に入ってんだ」

山根はあぐらをかいた靴下の先を見ながら言った。

「あのあたし、何か飲み物を淹れます」

「いいよ、構わなくて、こんな青鬼」

八重は腕組みしたまま言った。

「いえ、淹れさせてください」

シンクの前に立って横目で探る。

八重も山根も向かいあったまま、何も喋らない。

だが、気まずい沈黙ではない。長い空白のときを取り戻すかのような静けさ。

今しばらく、そこに立ち入ってはいけないいような気がした。

阿紗は薬缶にゆっくりと水を注ぎ、火にかけた。

八重がライターを鳴らしている。

「ばあちゃん、親ガチャって言葉知ってるか」

山根が沈黙を破った。

「知らないよ、そんなもん」

「ゲーセンとかにあるだろ、カネ入れて回すとカプセルが出てくるやつ。あのガチャガチャみたいにさ親は自分で選べないってこと。俺は親ガチャでハズレを引いた。がちがちにまじめなオヤジと世間体ばっか気にする母親。物心ついた頃から、あの家がイヤだった。何かにつけて『だらしない』だの『出来損ない』だの『教師の息子なんだから、他人様のお手本になれ』だの。いつもいつも怒られてばっかで、ばあちゃんちに行くのだけが楽しみだった」

薬缶がカタカタ鳴り始めた。

「まぁ、あの人らから見れば、子ガチャでハズレを引いたんだろうけど。頭悪くて、結局あの人らが望む大学にも入れなかったし、公務員にもなれなかった」

阿紗は湯気を見つめる。

自分も親ガチャでハズレを引いた。その理由は両親が揃ってないからだと思っていた。「普通」の家庭じゃないぶん、自分が劣っているとすら思っていた。

だが、きちんとした両親が揃っていても、おそらく彼らなりの愛情を注がれたとしても、「親ガチャ」と嘆く若者がここにいる。それが贅沢なわけではない。山根の中では、大きな問題だ。だから、こうして消えた祖母を捜し当てた。

結局のところ、人はどんな家庭に育っても少なからず不満と不足と不具合を感じるものなのかもしれない。

「覚えてるか、ばあちゃん。親に殴られて凹んでると、ばあちゃんは言ってくれた。『殴られたからって、ののしられたからって、あんたの価値が下がるわけじゃない。逆も同じ。褒められたからって、あんたが立派になるわけじゃない。あんたはあんたのままでいい。自由気ままにおやり』って」

「そんなこと言ったっけ？」

急須に茶葉を入れ、湯を注いだ。ほうじ茶の香ばしい香りがキッチンに流れる。

「言ったさ、何度も。わかるか、あの頃の俺にとって、どんだけあの言葉が救いになったか。口も悪いし意地も悪りぃが、ばあちゃんは誰よりも俺に優しかった。なのに、なんでだよ？　消えるなら消えるで、せめてひと言くらい声かけてくれてもいいだろうが」

「はいはい。悪かったよ」

淹れた茶を盆にのせ、阿紗はリビングに戻った。

「こっちはこっちで必死だったんだ。あんたは生まれた家が嫌だったっていうけど、あたしにはそうは見えなかった。それと同じ。傍目にはわからなくても、あたしもあの家が、じいさんが嫌で嫌でしょうがなくて、逃げ出した。預金通帳を腹に巻いてボストンバッグひとつ持って家を出た。このテーブルだけは新居に届くように手配してね、ハイ、サヨナラさ」

八重はテーブルの脚をじっと見ている。

「これはあたしの嫁入り道具をじいさんがリメイクしてくれた。やけに愛着があってね。じいさんの手が入っているからじゃないよ。あたしの母さんがくれたもんだからさ」

「じいちゃんを悪者にすんなって。もっとわかるように話せよ」

今度は山根が大きく息を吐いた。いつの間にか腕組みしている。ローテーブルをはさんで同じポーズをとる祖母と孫。

このふたりはよく似ている。

「じいさんとは三十年以上も一緒にいたんだ。その間にいろんなことが起きて、積もり積もって決めたこと。ちゃんと話せば、三年くらいはかかるよ」

「そんなんじゃ納得できねぇよ」

「納得しようがしまいが、あんたの勝手さ。どうしても納得できなかったら、また聞きにくりゃいい」

八重は組んでいた腕をほどき、阿紗が淹れた茶を啜った。

「ほんとか。ホントに来ていいんだな」

「ああ、降参さ、あんたの執念で見つかってしまった。もう逃げも隠れもしない。ここにいるおばさんのおかげで――」

おばさん？　一瞬、自分のことだとわからなかった。

たしかに山根から見れば、自分も立派なおばさんだ。

「物を減らすことに目覚めてね。終活ってやつさ。この家も終《つい》の住処《すみか》に相応しくなった」

「ここにずっとひとりで暮らすつもりなのか」

「これまでそうしてきたように、この先もそうする。まぁ、いろんな意味でひとりじゃないがね」

きょうのところは、ヨハネのことは言わないつもりらしい。

「ところであんた、そのテーブル、どうするつもりだい？」

「どうするって使うさ。今度こそ青く塗ってね。俺、去年から家を出て独り暮らしをしてる。狭い家だけど、このテーブルを置くスペースは確保した」

「青鬼みたいな面して、テーブルまで青に塗るとはね。ところで、あんた、たまに家に帰るのか」

「めったに帰らない。たまーにオヤジとＬＩＮＥするくらい。あ、そういや、じいちゃんはずっと前に再婚した」

八重は夕バコに火をつけた。

「そりゃよかった。あいつはひとりじゃ暮らせない男だ。まだ絵を描いてるのかい」

「多分描いてるんじゃないか。何年か前にも個展を開いたって。てかさ、俺も自己流だけどイラストを描いてる」

「へぇー、あんたがね。そういや子供んときから、センスはあったね。光一郎よりずっと……。そうだ、これ」

八重はくわえ夕バコのまま立ち上がり、ソファの脇のチェストから浅田飴の青缶を取り出した。

「いつでもいい。光一郎に会ったら、渡しといて」

缶をコーヒーテーブルに置いた。

「何これ?」

「ビンテージの中国茶みたいになってるけど、間違えて飲むんじゃないよ。ヘソの緒だから。あんたのかあさんが大事にしていたって伝えといて」

前に八重がこのヘソの緒を自分の存在証明だと言っていたのを思い出した。あのときこのヘソの緒は八重が母から愛された証なのだと思った。だが、自分の子供のものだったのだ。

「言っとくけど、この家のことは、じいさんにも光一郎にも教えるんじゃないよ」

祖母から孫に手渡された浅田飴の缶。

昨日、八重に「山根青」という名前は伝えていた。

読み方がわからず「やまねあおとかいう変わった名前の人がテーブルを買ってくれたんですよ」と言ったが、八重は孫だとわかったはずだ。一度は会うと覚悟を固めたのにテーブルを引き渡す段になって何がその決意を揺るがしたのか。八重の心が見えない。他人が見るべきものではないのかもしれない。

山根は缶をしばらく見つめたあと、パンツの後ろポケットに入れた。

「じゃあ、きょうのところは帰る。ミシンのテーブル持って帰るからな」

「欲しいんなら、やるよ」

八重はタバコを灰皿に押しつけた。

「貰うっていうより、俺、ちゃんと金払ったんだけどね」

ふんっと鼻を鳴らし、山根は腰を上げた。


玄関先まで見送りにきた八重に山根は言った。

「また近いうちに来るからな」

「はいはい。じゃ」

それだけ言うと、八重はドアを閉めた。

「行きましょうか」

テーブルをのせた台車を押す山根と内廊下を歩く。

「捜しものが見つかってよかったですね」

「捜しもの？」

山根がこちらを見た。

振り向くときの角度が八重とよく似ている。

「そのテーブルを出品する前に、値段の相場が知りたくて、フリフェスで検索してみたんです。『アンティーク　テーブル　ミシン　リメイク』って入力して。そしたら150件くらいヒットして。それに、出品者によって商品名はいろいろだから、検索ワードを変えたら、また別のが引っ掛かったりして。その中から、八重さんのテーブルを見つけ出す……。すごいなと思いました。それって、やっぱり血のつながりのなせる業なんでしょうかね？」

頭の片隅で、日下部亜沙子のことを考えていた。あの日、自分もたまたまつけたテレビで異母姉の死を知った。細い細いつながりのはずなのに。

「ないっスね」

エレベーターのボタンを押しながら山根は言った。

「え？」

「このテーブルはひたすら執念で見つけた。それだけ。俺とばあちゃん、血はつながってないんです。まぁ、自分としては、家族の誰よりも、家族だと思ってるけど」

「あの、つながってないって、どういうことですか？」

「どういうもこういうも――」

上がってきたエレベーターが開いた。

「すみません、〈開〉ボタン押しといてください」

「あ、はい」

山根は定員４名の箱の中に台車を押し入れる。話の続きを聞く状況ではない。阿紗はボタンを押し続けた。

台車は無事おさまった。エレベーターに入った山根がこちらに向き直った。

「じゃあ、続きは今度」

「今度って――」

「また、来ます」

阿紗の指は〈開〉ボタンから離れた。

エレベーターが閉じていく。

山根の笑顔が消えた。

いったいどういうことなのか。元シスター見習い。当然、独身だと思っていたら孫がいた。でも、血はつながっていないと言う。では、さっきのヘソの緒はなんなのか。八重の過去は一筋縄ではいかない。

阿紗は804号室に戻った。

八重はソファに腰を下ろしたまま、タバコをくゆらせている。阿紗を横目で見ただけで、「おかえり」とも言わない。

テーブルがあった場所には椅子が一脚だけ残っている。そこに腰を下ろし、広くなったリビングを見まわした。梁の下に作った棚には棚板が三段。フクロウの貯金箱、ボンボニエール、CDラジカセ、オアシスのCDなどが飾られている。その他、八重が仕分けた「必要な」物たちはソファ脇のチェストにすべておさまった。片づけを始めた頃は、物が散乱し座る場所を確保するのも困難だったが、いまや部屋全体がくつろぎの場だ。

これでリビングの片づけはほぼ終わった。

八重の終活も終わりに近づきつつある。

でも、終活の完成ってなんだろう。

何をどこまで処分すれば、どこまで整理すればいいんだろう。

ほろ苦いタバコのにおいが漂ってくる。

十八年ぶりに、孫と言葉を交わし、母の思い出の品を引き渡した八重は何を思っているのだろう。

捨ててきたものの大きさを今さらのように感じているのか。それとも胸の底に沈めていた未整理な感情が湧き上がってきて混乱しているのか。伏し目がちに煙を吐き出す姿はどこか哀しげだ。

いつだったか、八重は言った。「いろいろあって修道院を逃げ出した」と。自分はまだ八重の人生のひと色かふた色しか知らない。

どのような暮らしを経て、どのような思いをして、ここに辿りついたのか。なぜすべてを捨ててしまったのか。血のつながらない孫とはどういう関わりだったのか。八重と山根の話を傍で聞いてみても、真相はわからなかった。

もっと八重のことを知りたいと思う。

だが、訊ねるのは憚られる。

人は誰でも何かしら話したくない、思い出したくない過去を抱えて生きている。その過去を強引に聞き出し、共有することが、親密であることの証とはいえない。

容易には明かせない過去と向きあっている八重に、なんと言葉をかけるべきなのか。

言葉が見つからない。

今できることは多分……。

「八重さん、拭き掃除しませんか」

八重がこちらを見た。

「今から？　やだよ」

顔をしかめている。

「やる気おきませんか？　だったら、そこで休んでてください。これまで物を減らすことばかりに集中して気づかなかったけど、こうして広くなって改めて見ると、壁、かなり汚れています。きょうは時間があるから、あたし、少しだけやります。あ、ちょっとだけ待っててくださいね」

自分の家に戻り、マスクをつけ、掃除用ワイパーと古いTシャツを刻んで作ったふきんの束、小さなバケツを手にした。トンボ返りで八重のもとへと戻っていく。

独り暮らしを始めた頃よく見ていた「奥さまは魔女」を思い出した。主人公のサマンサのお向かいに住むグラディスさんは、魔女であるサマンサの正体が知りたくて、塩やこしょうをよく借りに行っていた。借りるのと貸すのが逆なだけで、自分もグラディスさんみたいなものだ。

自分の部屋の続きのように八重のいるリビングへ行った。八重は相変わらず、ソファでタバコをふかしている。

「とりあえず、ソファに座っているときに見えるこの面を掃除しますね」

「好きにすりゃいい」

阿紗はベランダに続く掃き出し窓を開けながら言った。

「前に働いていた職場の先輩がすごくきれい好きで。聞きもしないのに、掃除の仕方をいろいろ教えてくれたんです」

商品企画部の綾乃先輩は「生活雑貨を扱う仕事をしているんだから、箱となる部屋はきれいにしないと」というのが口癖だった。うちに来て、キッチンやバスルームで実演をしてくれたことも何度かある。親から掃除の仕方もろくに教えてもらっていない後輩を哀れに思ったのか。それとも純粋な好意だったのか。気がつけば、あんなによくしてくれた先輩とも疎遠になっていた。今となっては聞く術もない。

阿紗は八重に背を向け、掃除用ワイパーのシート設置面を掃き出し窓に近い壁の高い位置に向けた。

「壁って、高さによって汚れが違うんですよ。目線より高いところにあるのは舞ったホコリ。だからこうやって取るのがいちばんいいんです。ふつうはさっと拭き取ればいいんだけど、ここは……。ずっと掃除してなかったから念入りに」

何度か往復させた。裏返してみると、案の定、シートには綿ボコリがびっしりついている。マスクをつけてきて正解だった。

阿紗はキッチンに行き、小さなバケツに水を汲んだ。濡らして絞ったふきんに洗剤を数滴たらし馴染ませた。

「目線と同じ高さのところの汚れの正体は、触ったときにつく手あか。目線より下は食べこぼしやゴミがぶつかってできた汚れ。特にこの辺はベランダに出入りするところだから、汚れてますよね。こんな感じで最初はさっと――」

阿紗は、掃除のポイントを問わず語りに話しながら、壁を拭き始めた。

入居して以来、一度も拭いたことのない壁は黒ずみ、タバコのヤニがついている。一度ではダメだ。同じところを何度か往復する。二度よりは三度、三度よりは四度。繰り返し拭いていると、確実にきれいになっていく。

ふきんを裏返して見た。

「ほら、こんなに」

振り向いて真っ黒になった面を見せた。八重は腕組みしたままだ。

「見たかないよ、そんなもん」

まっとうな感想かもしれない。だが、掃除をしている当人は、ふきんが汚れれば汚れるほど、嬉しい。もっときれいにしてやれとやる気が出る。

視線を落とすと、床に何かこぼしたときに飛び散ったものか、茶色いシミがいくつもある。周辺を何度か拭いたあとに、シミを集中的にこすり始めた。

「シミの部分はつい強くこすりがちだけど、力を入れすぎると、壁紙が傷つきます。だから力まず優しくこすっていくほうがいいんです」

そう。力ずくでやってもダメだ。

シミが濃ければ濃いほど、大きければ大きいほど、ゆっくり辛抱強くこすっていく。

落ちない。なかなか手ごわい。それでもこする。優しく何度も。

まだ落ちない。このシミは厄介だ。だからこそ落とす。健やかに暮らすために。

いつの間にか八重がいることすら忘れていた。

大きなシミとだけ向き合っていた。何度も何度もこする。飽きるほどこする。そして、なんの前触れもなく、しかし確実にシミ全体が薄くなっていることに気づく。

ふきんの面を変え、力まず続けていく。シミの茶色い部分が薄れてゆく。もう少し。消えてなくなれ。

「楽しいのかい？」

「え？」

気づくと八重が後ろに立っていた。

「背中が微笑んでる」

「楽しい……かな。よくわかんないけど、心は軽くなります」

八重はふんっと鼻を鳴らした。

「ならやってみるか」

そう言って、阿紗の足もとにあるふきんを手にした。

10

黄色い木製のドアを押すと、カランカランとベルが鳴った。

「お先にどうぞ」

阿紗は八重のあとから、「ギンコォ」に入った。ブラウンベースの店内は薄暗く、ジャズが流れている。コーヒーとタバコが混ざり合った苦いにおいが、どこか懐かしい。

いちばん奥の窓際では年配の男が座り、黄ばんだレースのカーテンの隣で本を読んでいる。八重は、反対側の席へと向かう。阿紗もついていく。ベンジャミンの鉢植えの近く、毛羽立ちが目立つ深緑の椅子に腰を下ろした。

白髪のおかっぱ頭の女主人がゆったりとした足取りでこちらに来る。黒いタートルにロングスカート。阿紗が来店するのは二度目だが、前回も同じ服装だった。

「ヨハネは？」

愛想がない低い声だ。女主人はテーブルに水を置く。右手の中指にはめたシルバーのスクエアリング。八重は「ばあさん」と呼んでいるが、手の甲を見る限り、同じくらいの年齢か、あるいは少し下か。

「きょうは家で留守番さ」

「そう」

女主人はこちらを見てわずかに首を傾げた。「ご注文は？」という意味だ。

「えーっと……」

何にしようか。〈お食事〉と角ばった文字で書かれた卓上メニューを横目で見る。カツライス、ハンバーグライス、生姜焼きにはマジックで二重線が引かれている。

「ナポリタンお願いします」

「あたしはいつもの。ふたりとも飲み物はコーヒー」

女主人は軽く頷いて、カウンターの奥へ消えた。

壁には女主人のポートレートがかかっている。頬杖をつき、うまそうにタバコを吸っている。その下の棚に「ゴルゴ13」がずらりと並ぶ。ところどころ抜けていたり、カバーがないものがあったり、巻数が前後していたりするが、87巻まではある。

「そういえば、あんた」

八重が色褪せた背表紙を見ながら言った。

「ゴルゴ13の主人公の名前、知ってるかい?」

単行本を読んだことはないが、ずいぶん前に別れた男が「ゴルゴ13」のファンだった。

「デューク……。デューク東郷《とうごう》でしたっけ」

「それは通称。本名は東郷きょうすけ。『狂』うに、紹介の『介』と書く……って言っても、これもホントかどうかわからない。東郷平八郎《へいはちろう》の妾の孫だとか、父親が226事件の首謀者のひとりだったとか、戦争孤児で毛沢東に拾われたとか、諸説あってね——」

「もしかして、ここにあるの、全部読んだんですか」

「読んださ。それにゴルゴ13は昔、うちにもあったからね」

八重の言う「うち」とはどの家のことだろう。今のマンションか、それとも捨ててきた家か。

「だけど、どれだけ読んでも、正体はわからない。過去を調べようとした人間はみんなゴルゴに殺されちまうからね」

八重が注文した「いつもの」が運ばれてきた。バタールにウインナーがはさまった「ミニホットドッグ」がテーブルに置かれる。コーヒーをひと口飲んで、八重は言った。

「あたしもゴルゴみたいに自分の正体を誰にも明かしたくなかった。だけど、あんな形で中途半端にハルに見つかってしまったからね。ったく、誰に似たんだか、執念深くて嫌んなるよ」

テーブルを引き渡したあの日以来、初めて孫の名を口にした。

「あんたも中途半端に見聞きして、消化不良なんだろ」

八重はホットドッグをがぶりと噛んだ。「うまい」と言うわりに淡々と咀嚼する。

「なんの話ですか?」

「とぼけなさんな。知りたいんだろ」

図星だった。この三日間、八重の過去がずっと気になっていた。それを聞き出すことは暴力的に思えた。一方で、自分が見聞きしたことに関していっさい触れないのも不自然な気がしていた。

「あんたって人は愛想もない、たいして気もきかない。でも、正直な人間ではあるね。すぐ顔に出る。いろいろと聞きたくてしょうがないんだろ」

「そんな……別に」

「そうやって自分の気持ちをごまかすとき、必ず唇を噛むんだ」

そんな癖があるなんて知らなかった。

カウンターの奥から、ケチャップが焦げる香ばしいにおいが漂ってくる。腹がぐうっと鳴った。

「この先、誰にも話すことなんてないから、知りたきゃ教えてやるよ」

八重は半分残ったホットドッグにつけ合わせのキャベツを詰めながら言った。

「前にいろいろあってシスターをやめたって言ったろ。まあ、そのいろいろのひとつがハルのじいちゃん、山根一馬《かずま》との出会いさ。知っての通り、あたしは、シスターになるための修練期に、修道院が経営する幼稚園で働いていた――」

ハルの父親、光一郎はそこの園児だったが、年長になった年に母親を亡くしたと話したところで、阿紗の注文の品が運ばれてきた。

銀色のプレートにのった野菜たっぷりのナポリタンを見ながら、ハルの言葉を思い出した。

〈俺とばあちゃん、血はつながってないんです。まぁ、自分としては、家族の誰よりも、家族だと思ってるけど〉

「そういえば、ハルさんが来たとき渡していたあの浅田飴の缶の——」

「ああ、あのヘソの緒。あれは光一郎の亡くなった母親のもんだ。ふつうは桐箱かなんかに入ってるもんだろうが、ざっくりした女だったのか、最初からあの缶に入っていた。ほんとはあたしが家を出るときに光一郎に渡してやればよかったんだけど、当時は別々に暮らしていたからね」

八重はコーヒーを流し込むように飲み、話を続ける。

「死因は知らない。病死だったのか事故だったのか自殺だったのか、とにかく唐突に母親が亡くなって、男ヤモメになった父親、一馬が幼稚園に送り迎えに来るようになった。絵描きでね。かなりの男前。いまで言うイケメンさ。ここだけの話、この前、ハルを見たときはゾッとしたね。若い頃の一馬そっくりで。笑った顔なんてもう生き写し。まぁ、とにかく青いセーターなんか着て光一郎の手を引き、トボトボ歩いていく後ろ姿を見送っていると、きゅーっと胸が締め付けられる。なんとか助けになれないかと思うようになってさ」

阿紗もコーヒーを口にした。苦みが広がる。

「今にして思えば、愛情よりも同情のほうが勝っていた。向こうも、あたしじゃなくて、修道服姿のシスター見習いに魅かれたんじゃないかね。禁忌は、これ以上はない恋のスパイスだから。そういや、あんたシスターの手を見たことがあるか」

シスターは昔、通学路で何度か見かけたが、手にまで注目したことはなかった。

「ないです」

「お試し期間が終わって、生涯シスターとして生きていくって終生誓願《せいがん》をたてたシスターはみんな左手の薬指に銀の指輪をしている。イエズス・キリストと結婚したって意味だね。だけど、若かったあたしは、キリストよりも、一馬に夢中になっちまった。一生、この人に尽くしたいと思った。『毎日、きみを描きたい。ずっとそばにいてくれ』なんて言われて舞い上がっちゃった。自分の人生はこの人がいて光一郎がいて初めて完成するとすら思ったね。で、つまずいて修道女の生活から逃げ出した。若気の至りもここに極めりってとこだね」

残ったパンで皿のケチャップやキャベツをさらえながら話を続ける。

「一度決めたことを途中で投げ出したんだ。親も親戚も、いい顔はしなかったたね。あっちは二度目で子連れだし、こっちはドロップアウト。嫁入り道具といえば、母のお古のミシンだけ。それでもいい、自分は今がいちばん幸せだと思えた。一馬に絵を習ったりしてさ、『きみはセンスがある』なんておだてられて、お互いの顔を描いたりして。実際、あたしは絵がうまかった。だから、余計に一馬に会って新しい世界が開けたと思ったね。でも、そんな生活は長くは続かなかった。別にあたしが発見した真理でもなんでもないが、結婚はゴールじゃない。蜜月期間の終わりの始まり。すぐに果てしなく続く現実の暮らしにうんざりし始めた」

八重は腕を組んだ。女主人がコーヒーポット片手にやって来て、空になった八重のカップにおかわりのコーヒーを注ぐ。

「とにかく金がなかった。一馬は芸術家気どりで生活のための絵は描かない。『降りてきた』ときだけ、キャンバスに向かう。最大のパトロンは前妻の両親だったが、あたしと籍を入れてからは疎遠になって、家計は火の車。働かない亭主の尻を叩いて主夫に仕立て、こっちはがむしゃらに働いたよ。夫婦だからそれが当たり前だと思ってね」

「なんの仕事をしたんですか」

「保険の外交。これが儲かってね。あたしの前世は日本にキリスト教を広めた宣教師じゃないかってくらい」

「……宣教師ですか」

八重は頷いた。

「保険なんて安心教みたいなもんだ。ホントのところ、安心は金じゃ買えない。ビジネスと割り切って、この保険に入ったらどれだけ安定した暮らしができるか、健やかな老後が送れるか、この無愛想なあたしが滔々《とうとう》と語る。そのギャップが受けたのかね。面白いほど契約がとれて、あっという間にトップセールスレディになった。本社から表彰されたこともある。そうそう、あんたが作ってくれた棚。あそこに唐子の取っ手のついた小物入れを飾ってあるだろう」

八重が処分しようか迷っていたボンボニエールだ。

「ええ」

「あんたに『大事な物を入れたら?』って言われて、あの中に指輪を入れた。小指の爪くらいのアメジスト。本社から表彰されたときに貰ったんだ。結婚指輪なんて捨てちまったけど、チェストの底で見つけたとき、これは取っておいてもいいと思ってね。過去を懐かしむ趣味なんてないが、あたしが歯を食いしばって生きてきた時代の証。身を粉にして、とにかく稼いだ。稼げるだけ稼いだ。だけど――」

タバコに火をつけた。

「金っていうのは曲者で、あったらあったで厄介だ。安心も買えないし、幸せの担保にはならない。あたしが稼げば稼ぐほど、一馬は、どうせ俺はごくつぶしだ、髪結いの亭主だとイジけはじめた。機嫌をとればとったでつけあがって、人が稼いだ金で遊びまくる。そのうち、芸術には恋愛が必要だとかなんとか言って、公然と女遊びもするようになった。あたしらのいびつな関係を見ながら育った光一郎は、あいつなりに思うところがあったんだろう。暗い目をした青年になっちまったね。食いっぱぐれのない公務員になって、ハルをひと一倍厳しく育てたのは、父親への面当てか、あたしへの反発か。今となってはわからない」

八重は行き詰まった結婚生活を早口で振り返る。早送りにしなければ、語れないほどしんどい期間だったのかもしれない。

「まぁ、そんなわけで、いろいろあって、あたしは思った。芸術家の妻だから、継母だから、一家の稼ぎ頭だから……って自分を縛るのはもうやめよう。これからは自分の人生を生きてやるって。これ以上、耐え忍ぶとぶっ壊れるってとこまで我慢したから、自分の思いのままに生きてみたかったたんだよ」

「だから、だんなさんと別れたんですか」

「ああ。昔は嫁に行くことを永久就職といった。でも、永久に山根の家に縛られるのなんてまっぴらだと思った。五十五歳の早期退職を勝手に設定して、縁を切った。当時、一馬には小金をもった彼女がいた。だから、そっちでうまくやってくれと思った。金はたっぷりある。残りの人生は、誰にも邪魔されず、自由に生きようと思ってこの街に来た」

八重はタバコをひと口吸った。たちのぼる煙の行方を目で追っている。

「とにかく何にもしたくなかった。働かず、掃除もせず、我慢もせずで、好きなもん買って好き放題に過ごしていた。最初のうちは悪くはない、と思った。だけど、そういう生活も慣れてくると、ありがたみは感じなくなる。気がつけば、部屋はあの有り様。どっから手をつけていいのかわからない。あんたのおかげで、ずいぶんと暮らしやすい部屋になったがね」

八重の視線が阿紗のナポリタンの皿に注がれた。

「なんだよ、全然食べてないじゃないか。さっさと食べな」

「そうですね。食べるの、忘れてました」

ナポリタンをフォークに巻きつける。固くなった麺はなかなかほぐれない。

八重は阿紗の不器用な手もとから視線を離さない。


ドアを引くと、ベルがカランと鳴った。

昨日、木枯らし一号が吹いたと天気予報で言っていた。舗道には黄金色の絨毯が敷き詰められている。

「ようやく寒くなりましたね」

阿紗はダウンジャケットのポケットに手を入れた。

「そうかね」

八重はイチョウ色のマフラーを巻きながら言った。

「たしかに朝晩は冷える。昼間も寒いときは寒い。でも、風がやむと、そうでもない。きょうだって、こうして歩いていると、コートもいらないくらいだ。昔の冬はこんなもんじゃなかった。十二月ともなれば――」

また、十八番の話が始まった。

「ほんと、ソ連に生まれなくてよかったよ」

「そうですね、日本に生まれてきてよかった。……でも、できるなら別の家に生まれたかったかな」

黄金色の絨毯をしゃりしゃりと踏みながら言った。

「八重さん……。もしかして、あたしのこと知りたいですか」

「別に」

「……ですよね」

不自由な人生を送ってきた人間は、他人の領域にむやみに踏み込まない。自分の過去を明かしたのだから、こちらのことも教えろなどと要求してこない。

「だけど」

「だけど？」

「もしも、ひとりで抱えているのがしんどいんなら、話しな」

「別に」

「……だろうな」

「だけど」

「なんだよ？」

「うまく言えないんだけど、あたしは大きなものを捨てたんです。後悔はしていません。でも、捨てたあとの穴からときどき隙間風が入ってくるんです」

同じ歩幅で角を曲がる。

「だから、なんだってことでもないんですけどね」

「穴は穴さ。小手先のもんで埋めないほうがいい。いつかピタッとした穴塞ぎが見つかるかもしれないし」

風が吹いてきた。舗道に散ったイチョウがくるくる渦を巻き舞い上がる。ダンスに促されるように木々が揺れ、ハート形の葉がきらきらと降ってくる。

初冬のフィナーレ。

一瞬、足が止まりそうになった。

黄金色の葉が舞う中、男が歩いていく。

広い肩、スタンスミス。見覚えのある後ろ姿。

佐々木が大股で前を歩いていく。

同じ町の同じマンションに住んでいるのだ。ありふれた偶然だ。だが、自分には代えがたい機会だ。

自分の思いのままに生きてみたかったんだよ。

八重の言葉が頭の中で繰り返される。

もう胸の高まりをおさえない。一歩でも近づきたい、少しでも長くその姿を見ていたい。一方通行だとわかっていても。

大きく踏み出した。足の裏に違和感を覚える。スニーカーの下で硬い殻がつぶれた。歩みを止める。

「なんだい？」

八重がこちらを見た。

「銀杏の実、踏んじゃったみたいです」

「気をつけな。大事な贈り物だよ」

佐々木の後ろ姿が遠ざかっていく。

「誰からの？」

「天からの」

八重は空を仰いだ。

黄金色の葉がはらはらと舞ってくる。

11

洗剤をつけたスポンジで洗面ボウルの内側をくるくると円を描くようにこすっていく。

かれこれ三十分ばかり、八重の家のバスルームの掃除をしている。

この家に出入りするようになってから、気がついたときに軽く洗面台を拭くようにはしてきたが、うろこ状になった水垢や黒カビがところどころにこびりついている。

浮き出てきた汚れで黒ずんだ細かな泡が排水口へとしたたり落ちる。蛇口のステンレス部分も同じ要領で洗っていく。根元付近にこびりついた白っぽいカルキ汚れがなかなか落ちない。めげずにこする。無香料の洗剤に混ぜておいたハッカの香りがバスルームに満ちていく。

母からこのマンションの三部屋を譲り受けたとき、空室だった805号室に住むべきかどうか迷った。

もとは心を許せぬ父の持ち部屋に平気で移り住むという図太さが我ながら嫌だっ

たし、独り暮らしで45平米は分不相応な気もした。

一方でゴミだらけの六畳間に籠らされていたせいで、広い場所への憧れがあった。何より、この洗面台と浴槽とトイレが一体となった白タイルの空間が気に入った。大きく縦長のバスタブではのびのびと身体を伸ばすことができる、同じ長さの棚と鏡がついた洗面台は、脱衣所も兼ねている。バスとトイレは別であることを希望する人は多いが、ここならゆとりがあるので一緒でも気にならない。内見のとき、湯も入っていないバスタブの中で身体を伸ばした。求めていたのはこの感じ。やはりここに住もうと決めた。

スポンジを水ですすぎ、洗面ボウルの内側をなで洗いし、水を流す。しつこく残っていた水垢が洗い落とされる。汚れ固まってしまった日々の疲れも哀しみも一緒に流されていくような気がしてくる。

掃除も入浴も新しい自分になれるから好きだ。光を取り戻した洗面ボウルをから拭きしながら、手つかずになっている吊り戸棚を見上げた。阿紗の家ではここには予備のタオルが数枚入っている。だが、八重は、扉があればとりあえずなんでもぎゅうぎゅう詰めに押し込む。この期に及んでネズミが落ちてくることはないだろうが。

取っ手をつかみかけて、今さらのように気がついた。

この吊り戸棚は位置が高すぎる。阿紗が手を伸ばしてやっと届く。数センチ低い身長の八重は背伸びしないと届かない。中の物もすべて見渡すことはできない。その不安定な状態でドライヤーやら手鏡やらを詰め込んでいるとしたら、扉を開けた途端、落下してくる。それが頭や肩を直撃したら……。

ただでさえバスルームは危険な場所だ。

独り暮らしだった祖母は、濡れた床で転倒し、腰の骨を折った。それが原因で寝たきりになり、認知能力が著しく低下した。母からその事実を聞いたとき、祖母はすでに介護施設に入っていた。面会に行っても阿紗が誰なのかさえわからなかった。

「風呂場のさ、トイレと浴槽の間に空間があるだろ。あそこにもうひとつドアがあればいいのに」

数日前に八重が言った。

どうしてドアが必要なのかと聞くと八重はニッと笑った。

「決まってんだろ。ドアの向こうはあんたの家。風呂から出たらあんたのリビングに直行するんだよ。そこで茶を淹れてもらう。夏は麦茶。冬はほうじ茶。風呂上がりの一杯はうまいからね」

一ヶ月前なら冗談でも笑えなかった。だが、今は八重に同感だ。

阿紗は八重の言っていた場所を見つめた。ここにドアがあって、ふたりの家を行き来できたらどんなに安心か。

とにかく、このバスルームには踏み台が必要だ。

一週間ほど前に駅前のビルの二階にオープンした百円ショップが頭をよぎった。阿紗が家で使っている踏み台も隣町の同系列の店で見つけたものだ。百円ショップの中では高額の４００円。折り畳み式で収納も楽だ。

バスルームから出て、リビングにいる八重に声をかけた。

「八重さん、ちょっと出かけてきます。すぐに戻ってきますから」

「ああ、いっといで」

ここ数日、拭き掃除にハマっている八重は、キッチンとの境にある壁と格闘している。横顔のまま阿紗を見送った。


平日だというのにオープンしたての百円ショップは混んでいる。元は書店があったところで間口は狭いが奥行きは広く、ウナギの寝床のような造りになっている。

初めて来た店なので勝手がわからない。どこに何があるのか。キッチン雑貨、衛生用品、化粧品……天井からぶら下がった商品カテゴリーのピンクの札と棚を見比べながら、進んでいく。

隣町の店で、踏み台はどのカテゴリーに置かれていたか、随分昔に買ったので思い出せない。とりあえず一番奥の「インテリア」と書かれた札の下をのぞいてみたがない。隣の「掃除」の棚にもない。

じゃあ「収納」のところか。左奥の棚を上から下まで見る。案の定、ない。念のため、下から上に視線を走らせる。あった。一番上の棚の端っこに水色のがひとつ、茶色いのがふたつ、折りたたんだ状態で立てかけてある。

これでは見落とす人も多いだろうに。手を伸ばした。棚にはかろうじて届くが、踏み台までは届かない。背伸びした。もう少しなのに、届かない。踏み台を必要とする人の多くは、背がそれほど高くないはずなのに、この配置は明らかにおかしい。店員に言ってみようか。

その前にもう一度だけ。爪先立ちになった。手を伸ばせるだけ伸ばす。なんとか届きそうと思ったとき、背後から手が伸びてきて、阿紗が手にしようとしていた水色の踏み台をつかんだ。

「どうぞ。これが欲しかったんでしょ」

隣に来た佐々木が踏み台を差し出してきた。よくもそんな笑顔で。

首を横に振り、踵を返した。

顔が熱い。怒りと戸惑いと、認めたくないかすかな喜びがないまぜになって湧き上がってくる。

「ちょっと待って」

早足で出入口に向かう。

こちらが笑顔で踏み台を受け取れば、また「捨て置けなかった」とでも言うつもりだろうか。

ふざけるな。人の心をどこまで弄ぶ気か。

「夏野さん」

佐々木が追ってくる。

阿紗はエスカレーターを駆け下りる。

ギンコォの帰り、後ろ姿を見たときは追いかけたかった。でも、今は違う。妻子がいるのに、あんな眩しい笑顔で寄ってくる男はロクなものではない。絶対にこれ以上、かかわってはいけない。

佐々木がエスカレーターを下りてくる。

逃げなければ。

エスカレーターが地面につくまで待てない。三段飛ばしして着地し、その勢いのまま自動ドアをくぐる。

ちらりと後ろを振り返る。まだ追いかけてくる。家とは反対方向に向かって走った。パリパリとイチョウの葉がちぎれていく。

「夏野さん」

佐々木の声がする。

「待ってください」

後ろから腕をつかまれた。

逃げきれなかった。

やはり男の足の速さにはかなわない。二の腕から伝わってくるこの骨ばった長い指の感触にも。

阿紗は立ち止まった。

好きだからだ。

「どうして僕を避けるんですか」

「そっちこそ、どうしてあたしに近寄ってくるんですか。お願いです。手を離してください。痛いんです」

気づけば、駅の最寄りのコンビニの近くまで走っていた。この男は五十メートル以上も自分を追いかけてきた。

「すみません、つい」

佐々木が慌てて手を離した。

「走るの、速いんですね」

呼吸を整えながら佐々木は言葉を継いだ。

何度も頭で思い返していたのと同じ顔がそこにある。

「中学のとき陸上部にスカウトされました。入らなかったけど——」

いったい何の話をしているのか。

「道理で足取りが軽やかだと思った。あの……」

佐々木は阿紗と肩を並べた。

「よければ少し一緒に歩きませんか」

「少しなら……」

阿紗は佐々木を見ずに頷いた。

どうして、こうも簡単に佐々木を受け入れてしまうのだろう。どうして、ちゃんと逃げきれないのだろう。

イチョウ並木はあと十数メートル続く。途切れたら、そこで別れよう。黄金色のカーペットの上に映る淡い影法師を見ながら自分に言い聞かせる。もう二度とこの影を追わない。

ゆっくりと一歩を踏み出す。右の頬に視線を感じる。

そういえば……。

今さらのように気がついた。掃除の途中に思いつきで買い物にきたので、すっぴんだった。眉毛もロクに描いていない。

　空には雲ひとつなく、わずかに灰色がかった青が広がっている。八重だったら「日本も東南アジアみたいな気候になったねぇ」と言う暖かさだ。

　ずっと思い描いていた。ほどよく青い空の下、黄金色のカーペットを佐々木と一緒に歩く自分を。だが、いざその瞬間を迎えたと思ったら……。髪は乱れ、眉毛はボサボサ、頬のシミもほうれい線も唇のカサつきも目立つ。毛玉のついたボアのアウターによれよれのスウェットパンツ。

　いや、しかし。

　一方通行の想いに終止符を打つにはぴったりの惨めさかもしれない。

「きょうは会えてよかった」

「え？」

　思わず隣を見た。佐々木は足もとのイチョウの葉を踏みつぶさないように用心深く歩を進めている。

「できれば、イチョウがきれいなうちに一緒に散歩したいなぁと思っていたんです」

　照れたように下を向く。

　伏せた瞼を縁取るまつげが長い。

「やめてください」

思わず声を荒らげていた。

「何を？」

黒目がちの一重瞼が阿紗の顔をのぞき込む。

「その気もないくせに。そんな思わせぶりなこと言わないでください」

佐々木が立ち止まった。

「思わせぶりなんて……。ひどいな」

阿紗も歩みを止める。

「ひどいのはそっちです。こんな薄汚いおばさんをからかって。何が楽しいんですか」

佐々木は肩で大きく息をした。

「誰が薄汚いおばさんなんですか。僕が何かしましたか？　僕を見るなり逃げ出したり、突然つっかかってきたり。いったい何があったんですか？」

答えを見つけるかのように阿紗の目の奥をのぞき込む。

騙されてはいけない、この澄んだ光に。

「あたし見たんです。佐々木さんがベビーカーを押す奥さんと一緒に歩いているところ――」

「奥さん？」

佐々木は一瞬、首を傾げた。

わずかな間のあと、「あーあ」と言った。

「それって三週間くらい前のことでしょう」

阿紗は頷いた。そして見届けようと思った。このあと、この男がどんな申し開きをするつもりか。

「奥さんじゃありませんよ。あれ、妹と姪っ子です」

嘘だ……。嘘に決まっている。

佐々木の唇がへの字に曲がった。

「やだな。そんな目で見ないでください。僕、そんなに信用されてないんですか。ユキミは正真正銘の妹ですよ。名古屋に住んでいたんだけど、九月にダンナの異動で横浜に来たんです。で、近くの水族館まで来たついでに久しぶりに顔をあわせたんです」

佐々木の妻と思い込んでいた女の姿が蘇る。すらりとした姿態や涼しげな目もとは言われてみれば佐々木に似ている。

「ごめんなさい。あたしったら早合点して……」

せっかく拾った恋を諦めかけていた。

「正直ちょっと驚きましたけどね――」

ため息をひとつついて佐々木は笑った。

「でも、勘違いして不機嫌になってくれたのはちょっと嬉しい」

「そんな……」

思わず俯いた。

12

シャワーからしたたり落ちる水滴が背中を濡らした。阿紗は湯船の中で思い切り脚を伸ばした。

ラベンダーが香る湯が揺れる。

脇に置いたボディソープのポンプを繰り返し押す。左の掌で作った皿にホイップクリームのような泡が盛られていく。その半分を右手に移し、顔につける。そのまましばらく目を閉じる。

入浴剤とボディソープが入り混じった青い香りがバスルームを満たす。

ほんの三十分前に佐々木との食事を終えて戻ってきたばかりだった。

阿紗は両手で湯を掬《すく》う。

掬ったまま考える。

自分は今、何を洗い流したいのだろうか。

右の頰あたりにかすかに残る甘苦い移り香か。シミ隠しのために塗り込んだファンデーションの残滓《ざんし》か。何がひっかかっているのか、わからない。でも、今の自分に違和感を覚えている。なにもかも洗い流して、新しい自分になりたい。

掬った湯が指の間から湯船に落ちていく。

百円ショップで佐々木と再会してから二週間が経った。

字こそ違うが、名前はゴルゴの本名と同じ、恭介《きょうすけ》。長野出身のフリーランスのウェブデザイナーで三十七歳。この十年は誰ともつきあっていない……。問わず語りに教えてくれたこと以外はよく知らない。

つきあいは始まったばかりなのに、自分でも驚くほどに醒《さ》めている。あれほど焦がれたものが、あっけなく手に入ってしまったからか、それとも幸せな状態に自分が慣れていないだけなのか。

捨て置けない。初めて会った日にそう言われ、心をつかまれた。淋しい秋風のせいか、散り始めたイチョウの葉のいたずらか。あの言葉が心の隙間にぴたっとはまった。だが、なぜあれほどまでにあの言葉に魅かれたのかわからない。

さっきまで一緒だった佐々木はとても紳士的だった。なくなると思う前にワインをついでくれ、一枚一枚丁寧にハラミやカルビを焼いては、皿によそってくれる。

阿紗が何かしようとすると、手で制された。

「アサさんは何もしなくていいよ」

なぜかと問うと、佐々木は笑顔で答えた。

「アサさんを見てると、放っておけないんだ。これまでひとりで一生懸命生きてきて、健気っていうのかな。何かしてあげずにはいられない」

八重が聞いたら、「きれいごと、抜かすな」と鼻を鳴らすところだ。

阿紗もふんっと鳴らしたかった。

顔にのせた泡がぽたぽたと湯船に流れ落ちていく。

両手で湯を掬い、顔をゆすぐ。

贅沢なのかもしれない。想いが通じて調子に乗っているのかもしれない。だが、自分が欲しかったのは同情ではない。もっとシンプルな情愛だ。

一瞬の淋しさを紛らわしたくて佐々木の言葉にすがった自分を少し後悔している。

ぴしゃぴしゃと湯が揺れる音に紛れて、動物の鳴き声が聞こえてきた。

どこかで犬を飼い始めたのか。

もう一度湯を掬う。

湯がまた揺れる。

また鳴いた。
犬じゃない。
ぎゃんぎゃんとさっきよりも大きく響く。
――ヨハネはね、めったなことじゃ鳴かないんだ。
鳴き声に混じって、八重の声が聞こえたような気がした。
阿紗はバスタブから飛び出た。
ぎゃんぎゃん
鳴いているのはヨハネだ。
洗面台の上からバスタオルをとり身体に巻きつけ家を出た。
ぎゃん
ぎゃん
ぎゃん
ドアの外からも聞こえる。
ドアノブを引く。
鍵はかかってなかった。
はだしのまま寝室に行く。
「八重さん！」

止まり木から降りて鳴き叫ぶヨハネの足もとに八重がうつ伏せに倒れていた。

「しっかりして」

昨日、一緒に食事したときはぴんぴんしていたのに。

意味がわからない。

「八重さん」

ライトグレーのワンピースを着た八重の背中に水滴が落ちる。頰を涙がつたう。

黒い水玉が増えていく。

だらりと伸ばした手の先に皿とピンクマウスが何匹か転がっている。八重は、ヨハネの生きる糧、ピンクマウスをつかんだままだ。

「ううっ」

かすかなうなり声をあげた。

「わ、れる……あ」

八重の頭の中で今、大変なことが起きている。身体を揺さぶってはいけない。

救急車。

一刻も早く。

阿紗は立ち上がった。バスタオルがはらりと落ちた。

「ううっ」

八重がうなり続けている。
スマホがある自分の家へ、まっ裸で駆けていく。

13

道端で涙を流したのは何年ぶりだろう。

自分でもあんなことになるなんて思いもしなかった。道行く人は、四十女の号泣を怪訝な目で見て通り過ぎていった。

でもいい。他人にどう見られようが。

溢れ出る涙は心の石鹼だ。イチョウの木の下で泣けたせいで、心が軽くなった。

部屋に戻った阿紗は、掃き出し窓の横に立った。

八重の部屋から移してきた2×4材の棚の二段目には思い出の品を並べている。八重の写真、額に入れた二枚のポートレート、唐子の取っ手のついたボンボニエール、そしてもらった手紙……。

「八重さん、今戻りました」

木枠のフレームの中でタバコを手にした八重がこちらを見ている。阿紗は空から降ってきた銀杏と買ってきた絵本をその傍らに置いた。

三年前のイチョウの季節に、八重は脳こうそくで倒れた。ヨハネが知らせてくれたおかげですぐに病院に運ばれ、命を取りとめた。

二週間の入院を経て、家に戻り、これまで通り、散歩をし、これまで以上に部屋の物を減らし、ときどき子供たちに絵本を読んだりして暮らした。

穏やかな日々がずっと続くと思っていた。

だが、イチョウが色づき始めた一昨年の十一月、二度目の発作が起きた。散歩から帰ってきて、「じゃあまた」と手を振った瞬間に倒れ病院へ運ばれた。そのまま意識は戻らなかった。

佐々木とは、しばらくつかず離れずの関係を続けていたが、徐々に離れている時間が増え、自然消滅した。結局のところ、同情と愛情は違う。佐々木が好きだったのは、阿紗ではなかった。可哀想な女に手を差しのべる自分自身だった。努力はしてみたが、佐々木の自己愛を共有することはできなかった。

阿紗は手紙を手にした。口の悪さとは裏腹の、丸みのある柔らかい文字で「阿紗さんへ」と書かれている。

八重が亡くなったときに一度読んだきりだ。

罫線のないグレーの便箋に文字が詰まっている。

この二年間何度か読もうとしたことはあったが、読めなかった。でも、今なら読み返せる。八重が自分に何を遺してくれたのか、理解できるような気がする。

＊＊＊

前略……なんて改まった言葉で書き出しちまったけど、実のところ、何を書こうか迷っている。

なんたって、あんたがこれを読むとき、あたしはこの世にいないわけだからね。最初で最後のメッセージだ。

あたしは一ヶ月前に退院したところだ。

部屋で倒れたときのことはほとんど覚えていない。ヨハネにおやつをやろうとしたら、急に誰かに頭をかち割られたんじゃないかってくらい痛くなった。ヨハネがぎゃんぎゃん鳴いていた。そこへあんたがやって来た。「八重さん、しっかり」そんな声と一緒にポタポタしずくが落ちてきた。雨漏り？まさか涙？　そこで記憶が途切れている。

病院に運ばれて、三日三晩あたしは眠り続けた。

今だから言えるけど、寝ている間、あんたの夢を何回も見たよ。

夢の中でヨハネを連れて散歩しているんだ。何を話すわけじゃない。ただ歩いていく。ひたすら歩いていると、枯れていたイチョウに芽が出て青々した葉っぱが茂って、黄色くなったと思ったら、突然ハラハラ落ちてくる。

「悪くない景色だね」

隣を見ると、あんたがいない。腕に止まっていたヨハネもいない。

なぜか修道服を着て教会の中にいる。

父と子と精霊の御名によりてアーメンとか言って十字をきっている。

誰が歌ってるんだか、讃美歌まで聞こえる。

もしや祭壇の先に三途の川でもあるんじゃないかと思ったら、傍らに小さなハルがいる。ガキのくせにスマホをいじっている。

「目が悪くなっても知らないよ」

「だって、ばあちゃんのテーブル捜してるんだもん」

「捜さなくたっていいだろ、ここにあたしはいる」

「いないよ、どこにも」

「バカだね、じゃああんたは今、誰と話しているんだ」

「阿紗さんと話している」

どうも会話がかみあわない。やっぱり、これは夢なのか。頭がまっ白になり気づくと、また別の場所に行く。

そんなことの繰り返しだったよ。

だけど、どこへ行っても、あんたやヨハネやハルがいて、退屈はしなかった。

あたしは、フロイトもユングも読まない。だから、夢のメカニズムなんてわからない。でも、あんなに夢の中に出てきたってことは、きっとあんたなりにあたしの容態を心配してくれていたんじゃないかって勝手に思っている。

そんなこんなで、あんたにはほんとうに世話になった。

死ぬまでに一回くらいは直接、礼を言いたいと思っているけど、言えるかどうか。ダメだね。この前、頭やられて、働きもだいぶ緩くなってきたのか、言いたいことがまとまらない。

とりあえず、忘れないうちに言っておく。

この一ヶ月の間、しつこいくらい物入れやチェストの中の仕分けをしていらないもんは処分した。もしも明日、あたしがくたばっても、後片づけは簡単なはずだ。部屋の後始末と遺産に関するあれこれはハルにまかせる。あたしを捜し出した罰に面倒な手続きを、ときどき顔を見せてくれた褒美にあたしが稼いだ金をすべてくれてやる。

で、あんたには何を遺そうか。あたしなりに考えた。

なかなかいい案が浮かばなかったが、一昨日、ひらめいたんだ。

いつだったか、あんたは言ったね。

「いつかあたしのポートレートも描いてくれますか」

だから、描いてみた。あんたが掃除しているときの顔だ。知ってたかい？　あんたはいつもこんな顔して壁や床を磨いていた。何かに立ち向かうみたいな真剣なまなざしで。必死に汚れを取っていた。あたしの瞼の奥に焼き付いているいちばんいい顔だよ。

話があっちこっちに飛ぶが気にしないでおくれ。

ときどき考えることがあるんだ。なんであたしは、あんなゴミ部屋で長らく暮らしていたのかって。

あたしは自堕落であることと自由であることをはき違えていた。ずっと不自由な暮らしを強いられてきたからね。欲しいもん買って、寝たいときに寝て、食べたいときに食べる。片づけなんて面倒くさいことはしない。そんな生活に憧れていた。最初はよかった。でも、すぐに嫌気がさしていた。それを断ち切る気力もなかった。

部屋は頭ん中と似ている。あの頃のあたしの頭ん中は部屋と同じくらいぐちゃぐちゃで、これが自分の望んでいた生活なのか、考える隙間もなかった。物がないと不安だから買い物だけはやたらとする。それ以外は、何もする気が起きなくて、いつもイライラしていた。

そんなときにあんたに出会った。

あんたがこの部屋に大量のポリ袋を不機嫌な顔で持ってきた日のことは今でも覚えている。「これはゴミでいいんですよね」。そこいらに散らばってるもんを、すごい形相でゴミ袋の中に詰め込んでいたね。

随分、ピリピリしてたから、ついこっちも無愛想にしちまったが、ホントは有難かった。

最初はね、あんたは「捨てる神」なんだと思ってた。

でも、部屋が片づいてくる中で気がついた。あんたは、度が過ぎた物欲といらぬ不安で買い漁った物を捨て、本当に大事なものだけを「拾う神」なんだって。

片づけをしてると、不必要なもんは捨てざるをえない。そうすると、溢れる物の中で暮らしていた人間は不安になるんだ。これを捨てると生活できるのか、明日、天災が起きて捨てたことを後悔するんじゃないかって。でも、思い切って捨て去ると、見えなかったものが見えてくる。そうして、ゼロから出発した頃の気持ちに戻れる、清々しいくらい自由になれる。

いつだったか、あんたは言ったね。自分は大きなものを捨てた。後悔はしてないが、捨てたあとの穴からときどき隙間風が入ってくるって。

大きなものを捨てたとき、誰もがかすかな淋しさを感じるんじゃないかね。だけど心の中を吹き抜けていくその冷たい風はマイナスばかりじゃない。次に自分が何を拾えばいいのか、その方向へ導いてくれる。

あたしはあと何年生きられるのか、わからない。でも、捨てる神さまに教えてもらいながら、老後の宿題はクリアできた。おかげで、身軽になれた。

終活ってのはさ、身辺整理じゃないんだよ。身のまわりのもんをどんどん仕分けして、この人生で得たいちばんの収穫を見つけることだ。あたしはばっちり終活をすませたからね。いつなんどきでもすっきり天国へ（地獄にだって）逝ける。最後に残った大切なものの思い出を胸に抱いて旅立つつもりさ。

その昔、あたしは一生神に仕えて生きていこうと誓った。

しばらくして、山根一馬という男に仕えて生きていこうと思い直した。

でも、どちらも自分の生き方じゃなかった。

人生も終盤にさしかかってようやくそのことに気がついた。そうして共に歩める人間を見つけた。

つっけんどんなもの言い、あたしを見る冷たい目、繰り返しつくため息……そいつを護っていた硬い殻のせいで最初は気づかなかった。だけど、だんだんとその奥に潜んでいるものが見えてきた。そうして気がつけば、そいつもありのままの姿でありのままのあたしに接してくれた。

そいつが誰かは、いくらもの知らずのあんたでもわかるよね。

つらつらと文字を連ねながら気がついたよ。

手紙も片づけと似ている。頭の中のぐちゃぐちゃを言葉にしていくことで、いちばん大事なことが見えてくる。

あたしが遺せるものは、このポートレートとたったひとつの言葉。


阿紗さん、拾ってくれてありがとう。

十一月吉日

五百井八重

＊＊＊

遺書を畳んで封筒に戻し、棚の上に戻した。

八重らしい手紙。

でも、ひとつだけ間違っている。自分は拾う神さまなんかじゃない。積もり積もった不満や過去の忌々しい記憶の中でぎすぎすしていた心の角を削り、かすかに残っていた柔らかな部分を拾い出してくれたのは八重のほうだ。

「そうでしょう」

傍らの止まり木の上のヨハネが静かに羽ばたきをした。同意のしぐさではない。腹が減ったという合図だ。

「おやつの時間だね」

キッチンに行き、シンクの上にある青い皿のラップを取る。散歩に出る前に冷蔵庫から出して常温に戻しておいたピンクマウスが二匹。人肌の温度になったか確かめる。

ヨハネを家に引き取ってから二年。いまだに餌を準備するときは手が強ばるが、ピンクマウスの死体を見ても、動じなくなった。解凍したウズラのヒナにも料理ばさみをバキバキ入れる。そうして人は慣れていく。

でも、八重さん、あなたのいない日々には慣れない、慣れたくない。

止まり木スタンドの脇にある餌台に皿を置いた。

「はい、どうぞ」

ヨハネはピンクマウスの頭を淡々とついばむ。もっと美味しそうに食べればいいものを。ヨハネが飼い主に似たのか、飼い主がヨハネに似たのか。八重もいつも「ギンコォ」のミニホットドッグを淡々と食べていた。

もう一度、二枚のポートレートを見た。ペリットを吐く前に顔をしかめる幼いヨハネ。眼光鋭く拭き掃除をする阿紗の横顔。

八重はもういない。

でも、この部屋にこの街に、風、光、木々の中に、八重の魂はたしかに息づいている。

阿紗の中に溢れんばかりの思い出が詰まっている。絶対に捨てられない鮮やかな混沌。

これればかりは未整理のままでいい。

八重が亡くなってしばらくして、母から譲り受けた三部屋のうち、一部屋を手放した。いらない物を片づけてほんとうにやりたいことが何かが見えてきた。

昨年、残した一部屋が空室になったので近所の子供たちのコミュニティスペース「ハコブネ」として開放した。

週五回そこで読み聞かせをし、手作りおやつを提供している。

「ここ来ると、帰りたくなくなるんだよね」

学校が終わると友達を引き連れやって来る流香によく言われる。

「本読んでもらってるとさ、あっ、今やえちゃんがいるって感じるときがあるよ」

きょうもハコブネに子供たちがやって来る。
棚に置いた銀杏に目をやった。この小さな塊の中に死と再生の物語が詰まっている。
阿紗は傍らの絵本を手に取った。
宮沢賢治の「いちょうの実」。
ページをめくった。
飛び込んできた文章に息が詰まりそうになる。

いちょうの実はみんな一度に目をさましました。
そしてドキッとしたのです。
きょうこそはたしかに旅立ちの日でした。

解説

三浦　天紗子

私事で恐縮だが、誰も住まなくなった一軒家の実家を持て余している。思い出の品物はほぼ回収し、残るは家具、布団、古着、食器など不要品の山。片づければいい、片づけるしかないとわかっていても、始末にかかる時間を思うと、やらねばの気持ちがしぼんでいく。いつの間にか日本社会は高齢化が進み、空き家問題やゴミ屋敷問題は全国津々浦々で起きているらしい。いまや、家の片づけは普遍的な悩みなのかもしれないなと思う。

そんな災難が、本書の主人公で、四十歳間近の夏野阿紗の身にも降りかかる。

亡くなった母から相続したマンション三室のひとつに住んでいる阿紗。母が愛人関係にあった政治家から譲られたものだが、彼女は、その住居以外のマンション賃料と、自宅で子どもに絵本の読み聞かせをするわずかなお金で、ひとり身の生計を立てている。

ある日、阿紗が住む部屋の前に、にわか雨で濡れねずみになった高齢の女性がうずくまっていた。阿紗が声をかけると、鍵をなくして自分の部屋に入れない、不動産会社の管理担当者に連絡も取れないという。その担当者が〈不機嫌が服着て暮らしているみたいなばあさん〉と言っていた〈噂の難物〉が、この推定七十五歳の女性だろうと阿紗は察知。一瞬ひるんだものの放ってもおけず、家の中へ招き入れた。まさかこれが縁で、謎多き隣人・八重が暮らす散らかり放題の部屋の片づけを、手伝うはめになるとも知らずに……。

断捨離やミニマリズムがもてはやされる一方で、片づけられなかったり捨てられなかったりで自宅を汚部屋化させてしまう人の存在もクローズアップされてきた。散らかってしまったのにはそれなりに理由があるもの。物語が進むにつれ、なぜ八重がいまのように片づけを放棄するようになってしまったのかや、彼女もまた、いまはひとり身なのだが、そうなるに至った背景が見えてくる。

実は阿紗も、十八歳でひとり暮らしを始めるまでゴミ箱のような部屋に住んでいた。彼女の母親はいわゆる〈片づけられない女〉で、カオスと化した八重の部屋に足を踏み入れると、子ども時代のやりきれなさを思い出す。彼女は大学卒業後に生活雑貨を扱う会社に入り、そこで先輩から教わったことや、自ら体得したことなどを積み上げて、片づけノウハウをモノにし、片づけ名人になったいまがある。〈片づけには順番がある。溢れる物をそのまま収納スペースに詰め込むのではダメ。まず仕分け。取捨選択をして自分の生活に何が必要かを見極めることから始めなさい――〉〈『これはいる』と思っても、もう一度自問してみてください。『はたしてほんとうにいるのか』と。そこまで大切な物なら、なぜチェストの底で眠っていたのかと考えてみるといいですよ〉等々、目が啓《ひら》かれるフレーズが、本書のそこかしこに置かれている。阿紗が八重にレクチャーしていく片づけの極意は実用的であり、同時に片づけ以外の悩みにも通じるようなメソッドにもなっている。

　実際、部屋を片づけて人生が変わったと語る人は少なくない。阿紗が言うように、片づけは、自分にとって大切なもの、必要なものを仕分けて、これぞと思ったものがあれば、他人からはガラクタに見えようが保存していく作業。ものそのものの価値ではなく、思い出や好みという自分との関わりに重きを置く。つまり、身の回りを片づけることは、自分自身を見つめ直し、それまでの自分に〈片をつける〉ことにもなるのだ。

　ゆえに、肝心なのは、やみくもに捨てるのとは違うというところ。阿紗は、何が何でも捨てさせようとはしない。大量の筆記具が出てきたとき、処分しろと促された八重は〈これもまだちゃんと書けるのに。勿体ない〉と抵抗する。阿紗は心の中で〈部屋が汚い人ほど「勿体ない」と口にする。ほんとうに勿体ないと思うなら、一本きちんと使いきってから買い足せばいいものを〉と毒づくが、態度はあくまでマイルドに。理路整然と必要な数で十分なことを説明しつつ、フリマアプリに出品してあげたり、迷子になっている色鉛筆は残しておいた方がいいと説得したり、八重の気持ちも無下にしないのが好もしい。

阿紗は、母から愛された記憶がないことで深く傷つき、〈自分の人生はこれまで見捨てられることの連続だった〉〈追ったところでまた捨てられる。だったらひとりでいい。そのほうが傷つかなくていい〉と、ある意味割り切ってサバイバルしてきた。読み聞かせを楽しみにやってくる子どもたちは、いっときの慰めにはなるだろうが、心に開いた大きな穴を埋めるほどにはならない。八重は八重で、口には出さないが、阿紗の来訪を楽しみにしているのがわかるほどそれまでの人間関係は断絶されており、心の拠り所はペットのコノハズクだけ。ヨハネと名付けたのは、若いころにシスターになりそこねたという、神への愛の未練なのかもしれない。

ひとりでも生きられるが、ひとりでは寂しい。心に穴が開いたままの、世代の違う女同士が、共鳴し合う。これは現代女性にとって、人生のひとつの理想形ではないだろうか。

それにしても、八重の意外性の多さはどうだろう。一度で子どもたちの心をつかむほど読み聞かせがうまく、とても優しい絵を描くこともできる。相当な物知りでもある。阿紗だけでなく読者もどんどん魅了されていく。だが、八重の最大の長所はおそらくこれだろう。〈ひと様のテリトリーは侵さない。昔からそういう主義でね――〉。

ふたりがともに過ごす時間が増えるにつれ、八重も変わるが、阿紗も変わる。八重の部屋の黒ずんだ壁を拭いながら、飛び散った茶色いシミと格闘しながら、阿紗は思う。〈力ずくでやってもダメだ。シミが濃ければ濃いほど、大きければ大きいほど、ゆっくり辛抱強くこすっていく。（略）このシミは厄介だ。だからこそ落とす。健やかに暮らすために〉まるで、壁のシミを落とせば自身の心のシミも落とせるかのように、無心に取り組んでいる。そう、阿紗と八重は、どちらにも「やらねば」「やってあげよう」の力みがない。やってもらえないことの不満もない。あくまで自分がしたいことをしたいようにしているだけ。その優しさと距離感のバランスが心地よく、人間尊重はかくあるべし、と思えてくる。

そして、本書の魅力はなんと言っても、来歴や境遇、あるいは性格までも違っても、人と人とはつながれるし、ただともにいることが大切なのだという希望のメッセージが流れていることだ。阿紗と八重がどうなるのかはプロローグで示されており、読者はそれまでの過程を遡って知ることになる。〈血のつながりなんていらない。心の中の空白も埋まらなくていい。それでも、自分ではない誰かと地でつながっていたい〉。阿紗がそんな境地に達したからこそ、待ち受けるラストは切なく、何度読んでも、八重が書いた阿紗宛ての手紙には泣かされる。そして噛みしめるのだ。Life goes on。人が出会い、関わり合うことの美しさを。

最後に、越智月子さんのファンなら承知だろうが、著者についてあらためて紹介しておきたい。

本書で初めて彼女の小説に触れた人は、読みやすさに舌を巻いたに違いない。基本的に、難しいレトリックよりも、映像的な表現を駆使して物語を組み立てるのが持ち味だ。登場人物の赤裸々な本音がぎゅう詰めに織り込まれていて首肯したり驚かされたり。物語のテンポのよさには、特に感服する。

現代を照射するキーワードを巧みに織り込むのも得意技。たとえば、二〇〇六年のデビュー作『きょうの私は、どうかしている』では、アラフォー女性や、母と娘の葛藤、勝ち組負け組、加齢。その十年後に出版した『咲ク・ララ・ファミリア』では、親の再婚や家族の再編、居場所探し、LGBTQ。『恐ろしくきれいな爆弾』では、政治、悪女の野望と復讐、予言かのような政治家スキャンダルの嵐。そして、本書『片をつける』の中では、おひとりさまや、片づけ、終活、毒母、女性同士の絆。結果、どの作品も、ドキュメンタリーフィルムのようなリアリティーで読者に迫ってくる。

越智さんは、ライター出身。大学生時代から週刊誌『サンデー毎日』の契約記者となり、その後フリーランスとなって女性誌などに活躍の舞台を移す。当時、オピニオン誌の編集部にいた、のちの直木賞作家・白石一文さんに小説を書くことを勧められたというエピソードもドラマティックだ。その声に押され、短編をコツコツ書き上げて小説家として産声を上げ、現在に至る。

どちらかと言えば寡作なタイプだが、このたび文庫化された本作の親本は二〇二一年刊行で、そろそろ新刊が読めるらしいという情報も入ってきた。私は越智さんの新刊をひもとく日を、いつも首を長くして待っている。絶対に失望させないから。本当に小説がうまい人だから。

（書評家・ブックカウンセラー）

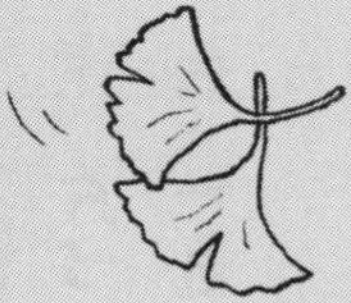

阿紗の片づけレシピ

LESS IS MORE――少ないほうが豊かである。これは20世紀に活躍したドイツの建築家ミース・ファン・デル・ローエの言葉。たくさんのモノが溢れかえる部屋は決して心地よいものではない。何が自分を満たしてくれるのか、何を大切にしていけばよいのかわからない混沌とした日々に片をつけ、自分にとって本当に必要なものだけがある、LESSだけどMOREな部屋へ。阿紗が教える片づけレシピ。

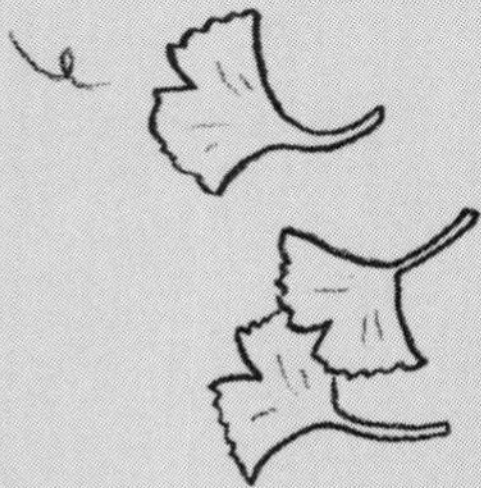

point 1

片づけはイベントではなく習慣へ 一気にやるのではなく毎日コツコツと

「この土日を使ってモノが溢れる部屋を一気に片づけよう」と張り切ってみても、一時間も経たないうちにモノの多さにうんざり。その結果、疲れて片づけから遠のいてしまうという悪循環に陥りがち。片づけは短期間ですべて終わらせようとは思わないこと。「きょうはこの引き出しの中」「明日はテレビ台の下」というように場所を決め、平日は10〜15分、休日は30分を目途にコツコツ整理していくようにして、習慣化しよう。

point 2

収納は「しまい込む」ことにあらず 収納の前に不必要なモノを処分しよう

収納といえば「しまい込む」こと。そう思って使わないモノをどんどん詰め込んでいくと、収納ボックスの中は使わないモノだらけになってしまう。本来、収納とは「日常的に使うモノを使いやすい位置に配置する」こと。収納する前に、溢れかえるモノを整理し、今の自分の暮らしに必要ないモノを処分していこう。全部出す↓仕分ける↓処分する。その見極めから始めていくと、時間とともに自分が思い描く暮らしも見えてくる。

point 3

目の前にあれば、安易に入れてしまう だから収納グッズの登場は最後の最後に

あると片づけようという気になってくる収納グッズ。でも、たくさん買い込んでそこにポンポン放り込んでいると、片づけたような気分になってしまい、しまい込んだモノの存在自体を忘れがち。だから収納グッズを買い揃える前に、何をしまうべきなのか見極めよう。その際に活用すべきは空き箱や段ボール箱。よく使うもの、お気に入りのモノは「収納用」の箱へ。一年に一回も手にとらないモノは思い切って「手放す用」の箱へ。あまり使わないけれど捨てら

とりあえず
迷い中のものは
箱に入れて 様子見!

れない、高かったブランド品や大切な人からのプレゼントは「迷い中」の箱へ入れて様子見し、一定期間経っても取り出さなかったモノは処分しよう。

point 4

片づけの基本中の「き」 家の中すべてのモノの住所を決める

整頓とは使ったモノを元に戻すこと。でも、使ったあとにその辺にポンと置いたり、目についた引き出しの中に入れたりしていては、次に使うときに「あれ、どこに消えたの？」と「迷子」になってしまう。そのたびにあちこちの収納をひっくり返して部屋は散らかる、ストレスは溜まる……そうならないためにも使ったモノの「戻る場所＝住所」を決めておこう。住所の決め方のポイントは「できるだけ使う場所の近くに置くこと」。誰が使うか、いつ使うか、どうやって使うか、どの場所で使うか。想像しながら、それぞれのモノの住所を決めていこう。ペンやマスキングテープなどの文房具、薬や絆創膏などの衛生用品、電池、ドライバーなどの工具のように細かなものもグループ分けして住所を決めておくと、ストックが確認でき、無駄に買い足すことも防げる。

point 5

何を減らしたいかではなく何を残すか大切なモノだけに囲まれた暮らしを目指す

不要なモノを捨て、身のまわりをすっきりさせるのが断捨離。しかし、必要なモノは人によって違う。傍から見たら、実用的ではない不要品でも、その人にとってはなくてはならない大事なモノである場合もある。モノの整理は心の整理。何を減らしたいのかというよりも何を残したいのか。これがあると便利かというよりもこれがあると自分は豊かに暮らせるか。頭ではなく心を軸にして身のまわりのモノを見てみよう。本当に思い入れのあるモノ、大切にできるモノの量は、実はそこまでは多くないはず。その適量を見極め、大切なモノだけを手元に置くようにすれば、そのモノへの愛着もさらに湧き、より自分らしくいられる心地よい部屋になる。

point 6

クローゼットは秘密の小部屋
扉を開けるときのワクワク感を大切に

めったなことでは他人には見せない収納スペース——クローゼット。見るのは自分だけ。でも、だからこそ中には厳選したお気に入りの品を入れ、秘密の扉を開けるたびにワクワクできるようにしよう。そのためにもまず余白を作る。ギュウギュウに服やバッグを詰め込むのではなく、6〜7割収納に。見た目がすっきりすれば、しまうときも取り出すときも楽しくなってくる。一定量を決めて、その上で新たな服やバッグが増えたら、その都度、同量減らすようにしていく。また、収納ケースの引き出しを開けるときもワクワクを大切に。ポイントは畳み方を覚えること。同じ畳み方で向きを揃える。色を揃えたり、グラデーションにしたりすると、選ぶ楽しさも増す。

服の畳み方

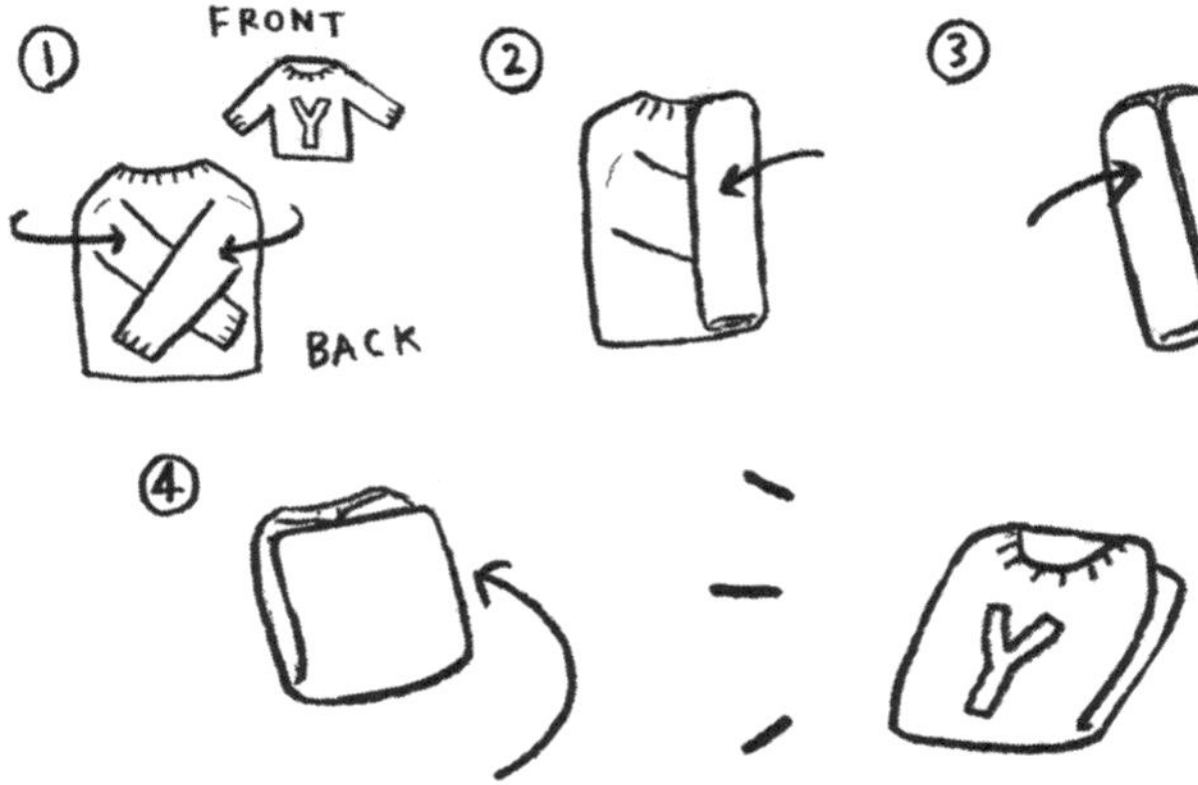

ストッキングの畳み方

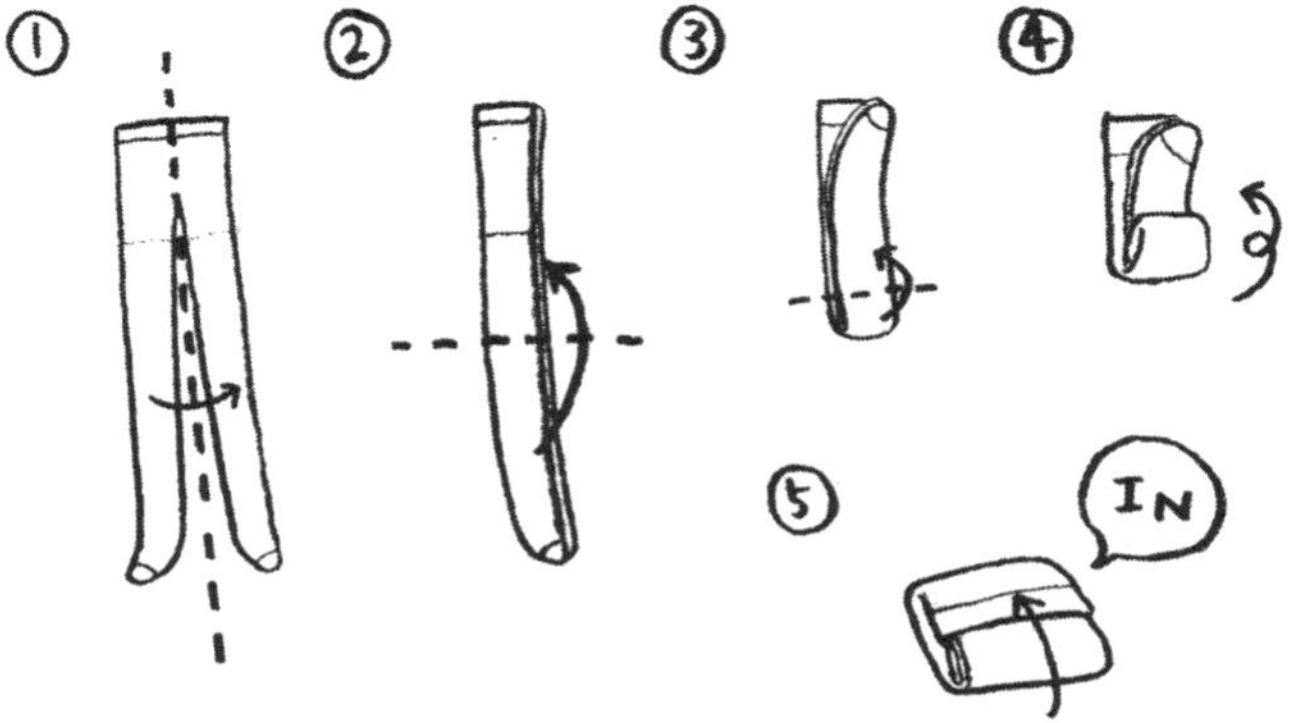

片をつける

越智月子

2023年1月 5 日　第1刷発行
2023年2月17日　第3刷

発行者　千葉 均
発行所　株式会社ポプラ社
〒102-8519　東京都千代田区麹町4-2-6
ホームページ　www.poplar.co.jp
フォーマットデザイン　bookwall
本文イラスト　大戸紀子
組版・校閲　株式会社鷗来堂
印刷・製本　中央精版印刷株式会社

©Tsukiko Ochi 2023　Printed in Japan
N.D.C.913/239p/15cm　ISBN978-4-591-17613-9

本書は、2021年3月にポプラ社より刊行されました。

落丁・乱丁本はお取り替えいたします。
電話(0120-666-553)または、ホームページ(www.poplar.co.jp)のお問い合わせ一覧よりご連絡ください。
※電話の受付時間は月~金曜日、10時~17時です(祝日・休日は除く)。

本書のコピー、スキャン、デジタル化等の無断複製は著作権法上での例外を除き禁じられています。本書を代行業者等の第三者に依頼してスキャンやデジタル化することは、たとえ個人や家庭内での利用であっても著作権法上認められておりません。

P8101462